다정한 정치를 꿈꿉니다

다정한 정치를 꿈꿉니다

1판 1쇄 발행 2023년 11월 7일

지은이 한주원 | 펴낸이 윤혜준 | 편집장 구본근 | 디자인 오필민디자인

펴낸곳 도서출판 폭스코너 | 출판등록 제2018-000115호(2015년 3월 11일)
주소 서울시 마포구 대흥로 6길 23 3층 (우 04162) | 전화 02-3291-3397 | 팩스 02-3291-3338
이메일 foxcorner15@naver.com | 페이스북 foxcorner15 | 인스타그램 foxcorner15

종이 일문지업(주) | 인쇄·제본 수이북스

 ISBN 979-11-93034-08-8 03810

다정한 정치를 꿈꿉니다

초보 보좌진의 국회 일기

한주원 지음

폭스코너

일러두기

* 이 책의 내용은 작가의 개인적인 경험과 생각이며 조직 전체의 의견과는 다를 수 있습니다.
* 이 책은 2020년부터 2022년까지 작가가 국회의원 보좌진으로 일했을 당시에 썼던 글을 모은 것입니다. 따라서 책 속 여당은 대부분 민주당을 말하며, 2022년 5월 이후에 쓴 글에서는 국민의힘을 가리킴을 밝혀둡니다.

바라건대, 너무 큰 회의감에 압도되지 않기를.

막중한 책임감에 죽어가지 않기를.

세상을 향한 당신의 시각이 냉소에 갇히지 않기를.

긍정성을 향해 나아가기를.

그로 향하는 길목에 부정성을 기꺼이 사용하기를.

들어가며

▶▶▶▶

어린 시절, 내가 살던 고향에 한 정치인이 있었다. 그는 항상 자전거를 타고 다니며 웃는 얼굴로 사람들에게 인사했다. 인상이 좋은 편이라 그랬는지 마을 사람 모두를 흐뭇하게 만드는 재주가 있었다. 하지만 번번이 공천에서 고배를 마셨다. 정치인이라는 표현이 야속할 정도로 만년 '예비 후보'에 머물렀다.

나는 그를 볼 때마다 '저런 사람이 정치인이면 어떨까?' 하고 상상했다. 위압적인 모습의 정치인들을 뉴스로 볼 때면, 자전거를 타고 거리를 누비며 사람들에게 따뜻한 말을 건네는 그런 정치인을 그려보았다.

어른이 되어버린 요즘, 간혹 관용차를 타지 않겠다고 선언하는 신인 정치인들을 본다. 그리고 자전거를 타고 국회로 들어서는 정치인들도 본다.

하지만 나는 더 이상 '자전거 타는 정치인'을 꿈꾸지 않는다.

내가 보좌진이 되었기 때문이다.

• • •

국회의 내부자가 되고 나서 느끼는 생경함이 있다. 국민의 시각과 내부의 생리가 다르게 작동하는 것을 볼 때마다 터져 나오는 생각을 붙잡았다. 가졌던 환상과 오해를 벗고 나니 비로소 제대로 보였다. 부유물을 걷어내고 정수를 보니 비판을 하더라도 제대로 할 수 있게 됐다. 첫걸음은 국회도 사람이 사는 곳이라는 걸 인지하는 것이었다. 그걸 아는 건 그리 어렵지 않았다.

지금부터 국민을 위해 고민하고 번민하며 보다 나은 방향을 실현하기 위한 곳, 때로는 이상하고 때로는 모순적이지만 의외의 매력이 있는 '그 공간'의 이야기를 해볼까 한다. 바라건대, 당신이 색안경을 끼고 있다면 그대로 있어주길. 이제부터 입체감을 더할 테니 말이다.

• • •

본격적인 시작에 앞서, 정치 초보의 글임을 분명히 하고 싶다. 정치를 맞닥뜨린 이들이 고민하는 지점이 비슷하다고 생각한다. 정치를 공부하는 사람에게는 길라잡이가 되도록, 정치를 하려는 사람에게는 발판이 되도록, 그렇게 한 걸음 더 나아가는 데 도움이 되도록 쓰려고 노력했다.

마냥 편하게 쓰지는 않았다. 고민의 지점을 미완으로 남겨두지 않고 나름의 끝을 맺으려 애를 썼다. 아울러 미공개 일화와 정책을 비롯한 상당 부분이 마지막 교정 단계에서 삭제되었다. 혹시라도 다른 사람에게 누가 될까 걱정스러운 마음으로 글을 고치고 다시 쓰기를 반복했다. 부족한 부분이 많지만, 도리어 나의 부족이 독자에겐 도움이 되기를 바라는 마음을 가져본다.

정의감과 무력감, 고민과 행동 사이에서 자꾸만 번민했던 보좌진의 국회 적응기, 이제부터 당신과 나누고 싶다.

2023년 10월

한주원

차례

4장 설익은 고민을 헤집어

5장 뉴스로 들여다보는 비밀의 숲

1장

입법부의 일상다반사

저도 국회는 처음인데요

일찍이 깨달은 인생의 가치관은 삶의 방향을 결정한다. '고맙다.' 내게 있어 가장 행복한 말이었다. 그랬기에 자연스레, 어쩌면 필연적으로 많은 이에게 긍정적인 영향을 줄 수 있는 사람이 되기를 꿈꿨다. 딸을 앉혀놓고 현안에 대해서 이야기해주던 아버지 덕분에 자연스럽게 정치에 관심을 두었다. 광화문을 물들인 붉은 물결, 시작도 끝도 가늠할 수 없는 사회의 부조리, 그리고 모두가 사랑한 대통령의 죽음까지. 티브이를 틀면 나오는 어지러운 세상사는 나의 눈을 빛나게 했다.

'정치를 가까이하는 사람이 되겠다.'

일종의 다짐이 당연한 듯이 떠올랐다. 나의 몸짓과 생각이 사회를 한 발짝이라도 앞으로 나아가게 했으면 하는 바람에서였다. 태어난 이유가 마치 그것인 양.

대학생 때, 단과대 학생회장이 되고 나서 다짐은 확고해졌다. 소수자의 삶을 고민하던 나는 다양성 존중을 비전 삼아 인권 문제를 녹여냈었다. 장애인, 성소수자, 채식주의자, 유학생을 비롯해 다양한 주체가 모든 학내 행사를 누릴 수 있도록 하자는 게 목표였다. 새내기 배움터부터 변화를 도모했다. 실질적으로 장애인 학우를 참가시키기 위해 휠체어 동선을 살피고 성소수자를 배려해 방 배정을 고민했으며, 채식주의자를 위해 별도의 식단을 준비하고 술을 강권하는 문화를 없애기 위해 밤이면 티타임방을 운영했다. 유학생을 위해 포스터를 3개 국어로 제작하기도 했다.

그런 식으로 일 년 내내 모든 행사에 공을 들였다. 노력이 헛되지 않았다. 단과대를 넘어 학내 전체로 문화가 퍼져가는 것을 보면서 점차 내가 속한 공동체를 바꿔가는 게 얼마나 값지고 벅찬 일인지를 깨닫게 되었다. 한 사람 한 사람의 삶을 발전시켜나가는 일의 소중함을 알게 되었다.

• • •

그래, 처음은 분명 '꿈' 때문이었다. 정의를 표방하는 한 의원실에 호기롭게 자기소개서를 냈다. 평소 함께하고 싶다고 생각했던 의원이었다. 생각지도 못하게 서류 심사에 합격했고 면접을 봤다. 사회현상을 보고 자주 분노한다고 썼고, 그래서 정의를 실현하는 정치에 대한 꿈을 품게 되었다고 썼다. 면접관이 물었다.

"원래 분노가 많아요?"

면접관은 피식, 코웃음 소리를 냈다. 당당했던 나는, 실은 그때 조금 무너졌다. 말을 더듬었고, 면접을 망쳤고, 결국 떨어졌다. 눈이 녹고 다시 꽃이 만개할 동안, 그렇게나 가만히 글과 바람을 피웠다.

더위가 한풀 꺾인 늦여름. 나는 다시 국회의 문을 두드렸다. 꿈 같은 거창한 이유는 잠시 접어두었다. 이젠 보좌진을 직업으로 생각하고 나선 참이었다. 여러 곳에 지원하고 떨어지고, 지원하고 떨어지기를 수십 번 반복했다. 그러다 마침내 한 의원실에서 전화가 왔다. 막막함과 막연함, 불안함과 계속해서 싸우고 있던 찰나에 받은 연락은 그 무엇과도 견줄 수 없는 기쁨을 안겨줬다. 겨우 서류 합격일 뿐인데 모든 것을 다 가진 것처럼 행복했다. 운이 좋았다. 1차 면접을 통과하자, 바로 의원님 면접이 이어졌다.

그런데 당혹스러운 질문을 받았다. 법학회 활동을 하며 냈던 개정법에 대한 질문이었다. '국회의원 수당 등에 관한 법률.' 물어볼 것도 없이 국회의원의 세비를 삭감해야 한다는 내용이었다. 그걸 찾아낼 줄은 몰랐다. 서류에도 없던 내용인데. 의원님이 이를 갑작스레, 그리고 집요하게 파고들었다.

"여전히 세비를 깎아야 한다고 생각하나요?"

"당시에 그렇게 생각했고, 지금도 그 생각에는 변함이 없습니다."

나는 대답한 다음, 구차하게 덧붙였다.

"너무 많이는 말고요."

그렇게 나는 식구가 됐다. 첫 면접만큼은 아니지만 면접을 잘 봤다고 했다. 내 생각에도 그랬다.

세상에 바꾸고 싶은 게 많았던 나. 꿈을 이루기 위해 정치를 선택한 나. 그러나 어느 정도 타협한 나. 직업으로서의 정치를 선택한 나. 그렇게 '애매모호한 마음'을 지니고 발을 내딛게 되었다.

나침반 없이 망망대해로 던져졌다. 국회에서의 삼 년을 꿈같이 보냈다. 국회는 생각보다는 역동적이었고, 정체되었으며, 복잡했고, 좋은 일이 많았다. 애매모호한 마음은 매번 모양을 바꿔가며 속에 들어앉았다. 때론 기쁨, 때론 슬픔, 때론 분노, 때론 만족. 처음이라 너무 서툴렀지만, 그래서 빛났던 순간들도 있었다.

국회에서 일한다고 다를 건 없지만

"국회로 가주세요."

흘금 룸미러로 쳐다보는 기사님의 시선이 느껴진다.

"국회에서 일하시나 봐요."

여지없이 따라붙는 질문이다. 대답을 앞두고선 퍽 긴장된다. '네'와 '아니오' 사이의 갈림길. 긍정한다면 기어이 날아들고야 말 질문에 속수무책으로 얼마 동안 대응해야 할 것이다. 부정한다면 양심의 가책은 느껴지겠지만, 목적지까지 편히 이동할 수 있을 테고. 반반의 확률. 참고로 나는 대체로 구차하게 꾸며대지 않으려 노력하는 편이다.

실토한다. 또다시 흘금. 눈이 마주치고야 말았다. 눈길을 돌려 차창 너머로 시선을 둔다. 하지만 이미 늦었다.

"보좌관이세요?"

자, 시작이다.

대학 시절엔 택시를 타고 학교에 가게 되면, 꼭 어느 학과인지를 물었다. '정치외교학과'라고 솔직히 이야기하면 따라붙는 기사님들의 질문이 부담스러웠다. 그래서 이과 계열의 다른 학과 이름을 둘러대곤 했다. 그러면 편히 갈 수 있었다. 직장인이 되고, 목적지가 주로 국회이다 보니, 이제는 피할 도리가 없었다.

기사님들의 최근 관심사는 플랫폼 회사의 횡포에 관한 것이다. 수수료를 내면서 택시를 불러도 정작 기사에겐 돈 한 푼 가지 않는다는 말을 시작으로 언젠가부터 회사가 공룡화되어버렸다는 푸념, 법인택시와 개인택시의 혜택 차이로 이야기가 이어지며 분노를 팡팡 터뜨린다.

"법안이 올라가 있다고 하는데, 잘 좀 봐주세요."

"… 예."

하는 수 없다. 대답하는 수밖엔. 떫은 뒤끝의 말을 듣고 아차, 하는 기사님도 있다. 너무 자기 얘기만 했구나 싶어 화제를 급선회한다.

"국회는 좀 어때요? 일하기 괜찮아요? 나이도 젊어 보이는데…."

반칙이다. 경청만이 허락된 사람처럼 대꾸하던 내게 갑자기 말을 시키다니. 말하기를 잊은 사람인 양 반응이 서먹해진다. 우물우물 말을 찾다가 내비게이션으로 시선을 보낸다. 도착까지 이 분 남짓.

"국회에서 일한다고 딱히 다를 건… 아, 저기 세워주시면 됩니다."

만족스러운 연기와 함께 위기를 모면한다.

'기사님, 실은요, 제겐 우리 일을 이 분 이내로 정리할 재간이 없어요.'

• • •

우리 일을 어떻다고 해야 할까. 지루할 틈 없이 낯을 바꾸는 게 우리 일인데. 어떤 저명한 이는 이렇게 말했다.

"보좌관들은 슈퍼맨 같아요. 글만 쓰면 되는 게 아니라, 지역도 가야 하고 정책도 세워야 하고 예산도 짜야 하고. 아무튼 여러 분야에 능통해야 하더라고요. 쉬운 일이 아니에요."

내 시작이 다른 직장이었다면, 나는 이곳에서 진작 나가떨어졌을 거라는 얄궂은 상상을 한다.

• • •

보좌관. 흔히 법을 만드는 정책 보좌진을 떠올리기 쉽지만, 실은 그보다 훨씬 많은 일을 끌어안고 산다. 사람들은 보좌관이라 칭하지만 실은 '보좌진'이 옳은 표현이다. 보좌진은 급수별로 보좌관, 선임비서관, 비서관, 인턴으로 나뉘고 통상 아홉 명으로 구성된다.

여느 직장처럼 국/과/팀으로 나뉘는 체계가 있는 것도 아니다. 마치 각기 다른 특성의 중소기업 삼백 개가 모여 있달까. 이렇다 할 담당자도 없다. 크게 정무, 정책, 메시지, 수행, 행정, 홍보 파트가 있고, 각자의 주특기를 중심으로 두어 개 업무를 추가로 겸한다. 그러니 팔방미인을 선호한다.

모든 보좌진은 정치적 판단을 바탕으로 정책적인 일, 즉 입법과 국정감사, 상임위 업무 등을 한다. 전체적인 그림을 그리기 위해 국회에서의 일을 챙기면서도, 다음 선거를 위한 지역 관리도 소홀히 할 수 없다. 비례대표 의원실 또한 다음 출마할 터전을 닦는 작업으로 정신없는 사 년을 보낸다. 대체로 운전 및 행정 담당 비서관은 정해져 있지만, 때때로 모든 이가 나눠 맡기도 한다.

일상 업무를 깊이 따지고 들어가면 무궁무진한 세계가 펼쳐진다. 인터뷰가 잡히면 답변지를 준비하고, 토론회를 열어야 할 때면 하나부터 열까지 전반을 기획하고 컨트롤해야 한다. 행사가 있으면 축사도 써야 하고, 주요한 사안이 있을 때면 메시지를 작성해야 한다. 하다못해 모시는 국회의원이 TF 위원장이라도 맡으면 행사부터 정책안까지 도출해야 하고, 틈틈이 각종 부서 및 단체와 미팅도 해야 하며, 간담회도 가져야 하고, 기자들과 밥도 먹어야 한다. 행사장에서도 촬영 및 홍보물 제작, 속보 체크, SNS 관리 등 해야 할 일이 한두 가지가 아니다.

• • •

일 자체는 꽤 매력적이다. 다채로운 기본 업무와 하루가 멀다 하고 터지는 이슈들 탓에 도대체가 지루할 틈이 없다. 실력만 인정받는다면 재미까지 찾을 수 있다. 대부분의 일이 이곳이 아니면 대한민국 어디에서도 할 수 없는 일이다. 정부를 향한 자료 요구 권한, 국가를 좌지우지하는 법안 발의, 치열한 선거판에서의 일들까지 오로지 국회에서만 가능한 일들로 채워져 있다. 그렇기에 보좌진으로서의 삶을 사랑한다

조금은 노련해진 내가, 그날의 기사님을 다시 만난다면 어떤 말을 해줄 수 있을까. 그 어떤 일을 상상하든 그 이상의 모든 일을 다 한다고, 그렇게 얘기해주겠다.

파란 돔에 갈마드는 사계

눈이 펑펑 내린다. 따뜻한 차 한 잔을 들고 창가에 섰다. 머리가 복잡할 때면 가끔은 바깥 풍경을 바라보는 것이 좋다. 가만한 사람에겐 은근한 끌림이 있는 걸까? 동료가 내 옆으로 와 나란히 서더니 뒤따라 애상에 잠긴다. 안경 아래 그의 눈매가 살짝 가늘어진다.

"잠깐 만나던 사람이 있었어요."

"…."

"딱 지금처럼 함박눈 내리는 겨울이었어요. 예쁘잖아요. 그 사람에게 청사에서 본, 눈 내리는 풍경을 찍어서 보내준 적이 있어요. 그때까지 서로 직업을 오픈하지 않았는데, 그가 사진을 보더니 그러더라고요. '…공무원이시구나.'"

"네?"

"소름이 돋더라고요. 제가 어떻게 알았냐고 물었어요. 그랬더니 뭐라는 줄 아세요?"

"…."

"'이렇게 잘 빠지고 잘 가꿔진 곳은 공공기관뿐이에요.'"

딱 그다음부터 자꾸만 말이 한 귀로 들어와 한 귀로 흘러갔다. 잔잔히 흐르는 이야기에 집중하지 못하고, 몰래 딴청을 피웠다. 그저 골똘히 나의 국회를 생각했다.

• • •

대한민국 입법부는 그 어느 공공기관보다도 너른 땅을 가졌다. 입구에 들어서기만 해도 탁 트이는 기분을 선사한다. 생애 처음으로 발을 디뎠을 때, 입구에서부터 본청까지 가는데 어찌나 멀던지! 그토록 너른 곳이 사철 옷을 갈아입는 것을 보고 있으면, 절경이 따로 없다는 생각이 든다. 관리 또한 소홀하지 않아 수려하다.

여의도 복판의 국회는 잘 가꾼 공원 같다. 파란 돔의 본관 측면에는 의원동산이 있다. 동산에는 외국 귀빈들을 모시는 고즈넉한 사랑재가 있다. 또 어느 건물에서건, 창밖으로 시선을 두면 눈 안 가득 한강이 넘실댄다.

나는 약속이 있다는 핑계로 자주 밥을 걸렀다. 그 대신 산책을 나갔다. 가끔은 좋아하는 이들과 음식을 싸 들고 나가 피크닉도 즐겼다. 국회에서 근무하며 걷는 것을 좋아하게 됐다. 걸

음걸음마다 눈에 눌러 담을 것이 넘쳐흘렀다. 그만큼 나의 직장은 사계절이 아름답다. 특히, 만연한 꽃과 꽃내음으로 사시사철을 구분해낸다.

봄에는 역시 벚꽃이다. 국회의 옆구리, 여의도 윤중로엔 흐드러진 벚꽃이 줄지어 서 있다. 점심은 사치다. 커피 하나 들고 국회를 빙빙 도는 것이 봄이 되면 누리는 특권이다. 마치 컨베이어 벨트에 올려진 것처럼 직원들이 천천히 이동한다.

재미있는 구경도 할 수 있다. 한 의원실의 전 직원이 윤중로에 나와 어깨동무를 하고 사진을 찍는가 하면, 벚꽃을 배경으로 셀카를 찍는 아저씨도 있다. 어라, 가슴팍에 배지가 있는 걸 보니 의원님이다. '저런 면이 있으시네.' 슬며시 미소가 지어진다. 또래 이성과 묘한 기류를 내뿜으며 꽃을 만끽하는 옆방 친구를 보게 되면 못 본 척 넘어가주기도 한다.

여름에는 능소화가 핀다. 능소화를 보며 처음으로 주황색이 예쁜 색이라는 걸 알았다. 능소화는 하늘을 능가하는 꽃이라는 뜻이란다. 과연 걸맞은 이름이다. 심부름하고 오는 길에 우두커니 멈춰 서서 꽃을 보았던 적이 있다. 올망졸망한 꽃망울을 보고 있으면 마음마저 환해지는 듯했다. 능소화 덕택에 여름이

길었으면 했다. 잠시 국회에 놀러 온 친구랑 굳이 능소화 앞에서 기념사진을 찍은 적도 있다. 활짝 핀 능소화는 국회 본관 측면 문 근처에서 만날 수 있다. 다른 포토 스폿을 버려두고, 넘실대는 주황 앞에서 사진을 찍은 이유가 나의 애정 탓이었다는 걸 그는 여전히 모를 것이다.

가을엔 역시 은행나무다. 국회 내 길가엔 은행나무가 심겨 있다. 내겐 작은 습관이 있는데, 버스에서 내릴 때나 지하철 역사에서 나오자마자 고개를 위로 꺾는 것이다. 이때, 눈을 뜨기도 하고 감기도 한다. 하늘을 보며 발길 가는 대로 걷는다.

국회에 다니기 시작한 첫해 가을, 역에서 나와 여느 날처럼 고개를 위로 꺾어 올려다보니 마침 흐드러진 은행나무 아래를 걷고 있었다. 이상했다. 열매가 있는 나무, 열매가 없는 나무. 또 다시 열매가 있는 나무, 열매가 없는 나무. 그제야 알았다. 수암 수암 순으로 은행나무가 심겨 있구나. 우연히 알게 된 깜찍한 비밀이다. 나만 아는 이야기는 그 대상을 더욱 사랑스럽게 만드는 법이다.

가을이 한창 무르익다 보면 열매가 떨어진다. 밟으면 의원실까지 냄새가 쫓아오지만, 은행나무와 맺은 은밀한 유대감 덕분에 너그러이 봐주기로 했다. 가장 선선하면서도 놀기 좋은 가을은, 사실 보좌진에겐 없는 계절이나 마찬가지다. 국정감사로 눈코 뜰 새 없이 바빠 도저히 맘껏 즐길 수가 없다. 소소한 발견에서 계절의 맛을 찾을 수밖에 없다. 나중에 알았지만, 준공 당시에 심어진 나무들이란다. 오륙십 살쯤 됐다나.

가을이 깊어지면 샛노란 은행잎이 붉게 물들어간다. 단풍이다. 언제나 초록이던 잔디는 갈색으로 변한다. 그렇게 겨울을 맞는다. 사무처 직원들이 군데군데 볏짚을 깔고 나무에 옷을 입힌다.

겨울에는 모든 나무가 헐벗는다. 그러나 찬 계절만의 하이라이트가 있다. 눈 내리는 국회가 절경이라는 것. 언젠가 주말에 지친 몸을 이끌고 출근한 적이 있다. 눈은 직장인에겐 독이다. 출근하기 싫은 마음을 억지로 달래가며 겨우 왔다. 그런데 어떤 깜찍한 꼬맹이였을까, 깜찍한 꼬맹이였던 어른이었을까. 누군가 만든 커다란 눈사람이 덩그러니 사람들을 맞이하고 있었다. 그리고 본관으로 향하는 거리에는 조그마한 눈 오리가 반겨주었다. 꽃이 진 자리에 눈이 있었다.

분수대 앞에서는 때때로 다른 풍취를 느낄 수 있다. 크리스마스가 되면 분수대가 알록달록한 등이 달린 커다란 트리로 변한다. 그렇게 한 해를 반짝반짝, 따뜻한 불빛으로 마무리한다.

다시 봄. 푸릇푸릇한 잔디가 군데군데 올라온다. 색을 바꿔 입는다. 그러다가 아침마다 '예초기 이발사' 직원에 의해 이발을 하기도 한다. 의원동산은 또 한 번 까르르 웃는 어린이집 아이들로 가득 찬다.

그렇게 다시 온기가 돈다. 그렇게 계절이 흐른다.

A당 보좌진에게 B당 보좌진이 말을 걸었다

뉴스에서 의원들이 불을 내뿜듯 말하는 모습을 종종 보았을 것이다. 그런 장소는 대체로 정해져 있다. 주로 두 군데다. 정당 대표 회의실 혹은 상임위원회 회의장. 특히, 상임위 회의실에는 다양한 주체가 함께한다. 중앙의 상임위원장, 당별로 나뉘어 한 줄씩 차지하고 있는 위원들, 뒷문 쪽에 앉아 있는 피감기관장(국회의 감사를 받는 기관의 수장)까지. 더욱 세밀하게 들여다보면, 의원 뒤에 앉아 있는 '보좌진'이 보인다. 그런데 자기가 모시는 의원 뒤에 자리가 없을 경우, 불가피하게 다른 당 보좌진석에 앉을 때가 있다.

사실 이게 참 묘하다. 다른 당의 보좌진과 나란히 앉으면 왠지 모를 꺼림칙한 분위기가 감지된다. 남들이 볼 수 없게 휴대폰 밝기를 내린다거나 약간 자기 쪽으로 기울여서 본다거나 하며 정보를 빼앗기지 않겠다는 '묘한 신경전'이 펼쳐진다. 아무래도 각종 전자 기기로 중요한 자료를 띄워놓고 카카오톡이나 텔레그램 등의 SNS로도 업무상 연락을 나누다 보니 그렇다.

처음엔 나만 이상하게 생각하는 건가, 기분 탓인가 싶기도 했지만, 동료 보좌진들이 다들 공감하는 걸 보면, 비단 나만의 생각은 아닌 듯하다.

모두가 아닌 척 느끼고 있는, 그 분위기.

우리 방은 상임위 회의가 열릴 때마다 모든 상황을 살피고 문제가 발생했을 때 이에 대응해야 했기에 회의의 모든 내용을 바로바로 공유했다. 현재 어떤 법안을 심사 중인지, 어떤 내용이 오가고 있는지, 의원들이 싸우고 있지는 않은지, 싸우고 있다면 대체 어떤 일로 싸움이 촉발된 것인지 등을 속기하여 보고했다.

다를 것 없었던 어느 날, 열심히 노트북으로 카톡을 하고 있었다. 보고서를 띄워놓고 일일보고를 하느라 정신없이 자판을 치고 있을 때였다. 어쩐지 옆에서 누군가의 시선이 감지됐다. 딱 돌아볼까 하는 시점에 그가 말했다.

"저기요."

고개를 돌려보니 다른 정당 보좌진 한 사람뿐이었다. 그가 나를 톡톡 두드렸다.

"혹시 갤럭시 쓰세요?"

무슨 일이지, 머리를 열심히 굴리는데 2연타!

"충전기 좀 빌릴 수 있을까요?"

애석하게 나는 아이폰을 쓰고 있었다. 대답도 하지 않고 파우치 안에 갤럭시 충전기가 있는지 찾는 내게, 그가 한마디 더 던졌다.

"영감들이 사이 안 좋다고, 우리까지 나쁠 건 없잖아요?"

고개를 들고 그 사람을 쳐다봤다. 그렇게 멍하니 삼 초가 흘렀다. 웃음기 가득한 눈빛, 장난꾸러기 같은 얼굴을 하고 있었다. 그 눈빛을 몇 초간 쳐다보다 웃음을 터뜨렸다.

"(최대한 미안한 표정으로) 갤럭시 잭이 없네요. 어쩌죠?"

"괜찮아요. 말 한번 걸어보고 싶었어요."

쿨하게 돌아온 대답. 다시 피어나는 웃음. 다른 장소, 다른 상황에서라면 웃기지 않았을 텐데 왜 그렇게 기분이 좋던지. 이후로 우리는 회의 때마다 나란히 앉아 인사하는 사이가 되었다. 가끔씩은 서로의 안부도 묻고 웃음을 나누기도 했다.

한번은 이런 일도 있었다. 다른 정당에 소속된 한 보좌진이 나의 새 노트북에 관심이 많았던 모양이다. "어? 맥북 샀네요!" 하기에 얼떨결에 대답하니, "내가 대학 시절에 맥북이 있었는데"로 시작하는 얘기를 장장 오 분간 들려주었다. 국회 생활 중 사소하면서도 재미있었던 경험이었다.

각자 신념이 다르기에 편을 갈라 논쟁하는 것은 어쩔 수 없는 정치의 속성이라지만, 여타 관계들처럼 그냥 그렇게 서로가 허물없이 지내면 좋겠다는 생각을 한다. 따뜻하게 서로가 서로를 편히 대할 수 있다면 어떨까? 내가 모시는 의원님이 어느 정당인지에 상관없이.

나는 그런 대한민국을 꿈꾼다. 진보, 보수 따로 없이, 여야 따로 없이, 네 편, 내 편 없이 그냥 서로가 서로를 이해하는 세상이 오면 좋겠다. 먼저 건넨 따사로운 손길이 편안한 대화로 이어지고, 문제에 대한 공감대가 실질적인 정책으로 이어지는 세상.

어린 시절의 나는 내가 이해하지 못하는 상대의 정책과 언사에 불같이 분노했고, 대학생 시절의 나는 정치이론을 현실에 적용하는 방법에 대해 고민했었는데, 국회에 들어온 나는 서로가 '싸우지 않고' 정치할 수는 없는 건지, 한국 정치의 신新 패러다임을 고민하고 있다. 국민들이 정치에 열 올리지 않고도 '정치가 정말 필요한 것이구나' 온몸으로 느끼는 순간이 언젠가는 도래하겠지. 너무 평화로운 나머지 왕의 이름조차 몰랐던 요순시대처럼 종국에는 대통령도, 국회의원도 누군지 모르는 태평성대를 꿈꿔본다.

친절한 게 잘못인가요?

의원실에는 다양한 종류의 전화가 걸려온다. 억울한 사연을 말하거나, 법안 통과를 저지하거나, 의원의 활동에 대해 항의하거나, 타 기관에 대한 불만사항을 이야기하기도 한다. 이렇게 전화를 걸어오는 사람들은 그야말로 다양하다. 언론에 자신의 사연이 억울하게 보도되었다거나, 의사결정에 도움이 되고 싶다거나, 자기가 감시당하고 있다고 주장하는 사람도 있다.

한데 거의 모든 민원 전화는 공통점이 있다. 혀에 악이 서려 있고 독을 품고 있다. 내 귀에선 꿀렁꿀렁 보이지 않는 피가 흐른다.

"넌 우편 분류나 해, 쌍년아. 남자 보좌관 바꿔."

숨이 멎는 줄 알았다. 아직도 이 순간을 생생하게 기억한다. 쌍년이라는 말은 해본 적도, 들어본 적도 없었다. 내가 친절하게 응대했는데도 돌아온 독침이었다.

눈이 벌게졌고 손이 덜덜덜 떨리기 시작했다. 떨리는 손이 자판 위에서 타다타다 하는 소리를 냈다. 난 가만히, 그러나 빠르게 눈동자를 굴렸다. 하지만 눈물이 고이는 걸 어쩌지 못했다. 눈물이 흐르지 않게 닦으려고 손을 들었다. 마찬가지로 손을 타고 올라온 떨림은 어깨까지 닿았고, 끝내 상체를 휘감더니 곧 몸 전체가 덜덜덜 떨렸다. 토할 것 같았다. 한마디로 치욕적이었다. 오래 참다가 결국 아무도 모르게 화장실로 가 숨과 눈물을 토하듯 뱉어냈다. 그런데 말이다, 이런 막말조차도 양반 격이라고 하면 믿을 수 있겠는가.

시간이 지나자 습관성 반말과 대화 내내 뱉어내는 욕설도 견딜 수 있게 되었다. 여자 말고 남자를 바꾸라는 말, 비서면 알지도 못하지 않느냐는 말, 각기 다른 이들이 반복하는 같은 내용의 말(주로 어떤 법안을 통과시키면 안 되는 이유), 일주일 내내 걸려오는 전화들, "야, 이 씨××아!" 전화를 받자마자 내리꽂히는 이런 유형의 욕을 매일 견뎌냈다. 주말을 제외한 약 삼백 일 동안 하루 평균 세 시간씩.

지금에야 찢기고 짓무른 상처에 새살이 돋고 굳은살도 생겼지만, 당시 나의 정신적 상해는 말도 못 했다. 내가 아니라 다른 사람을 향한 욕조차도 계속 들으면 병이 될 수 있다는 걸 처음 깨달았다. 언어가 식물에 미치는 영향 연구에서, "미워해"라는 말을 계속 들어야 했을 식물의 심정이 이해가 되었다. 단순히 잎이 마르는 게 아니라 거멓게 썩어가고 냄새가 난다. 마음도 몸도 상한다. 그 상처는 말로 다 표현할 수 없다.

나는 누구보다 민원을 해결하고픈 사람이다. 힘든 사람들의 사정에 공감하고 눈물을 닦아주기 위해 이 일을 선택한 사람이다. 민원을 이야기하면 (평범한 말이든 욕이든, 슬픔이든 분노든, 그의 발화가 무엇을 담고 있든 간에) 나는 정말 열심히 '공감'하고 꼼꼼히 '메모'했다. 그리고 메모해둔 민원을 해결할 방법을 찾으려고 애썼다. 해결법을 고민해 법안을 구상해보기도 하고 상사에게도 계속 보고했다. 마음을 썼다. 내가 할 수 있는 범위 내에서 최선을 다했다.

들어보면 분명 안타까운 사연도 있었다. 가여운 사람도 많았고, 정신적으로 어려운 사람들도 꽤 많이 있었다. 하지만 그 방법은 오래가지 못했다. 시간이 갈수록 난 그들에 앞서 나 자신을 구해야 했다. 날 챙겨야 했다. 눈동자는 점점 동태 눈이 되고 그들을 향한 열정도 사라져버렸다. 정신적으로 힘에 부치자 나는 응대 매뉴얼을 찾아보기 시작했다. 공공기관의 경우, 민원인을 응대하는 매뉴얼을 행정안전부에서 배포하기도 하고, 지자체가 자체적으로 제작하기도 한다. 매뉴얼은 대부분 '어떻게 하면 전화 민원에 잘 대처할 수 있는가'에 목적을 두고 쓰여 있었다.

공무원은 전화를 제 맘대로 끊을 수 없다. "고객 응대 근로자 보호조치를 시행하고 있사오니 욕설, 폭언 등은 하지 말아주세요" 같은 최소한의 애처로운 말을 통해 사후 대처라는 낮은 울타리를 제공할 뿐이다. 나와 같은 말단 공무원들을 볼 때나 콜센터와 상담센터에서 일하는 분들을 볼 때 절로 숙연해진다. 그들이 '감내하고' 있는 일들이 회사 밖에서도 메아리처럼 귓가를 울려댈 테니.

사람들은 이상하다. 친절하게 대하면 무시하고 시니컬하게 굴면 멈칫한다. 기대하는 대로 행동하라고 해서 그리 했을 뿐인데 왜 최악을 돌려받는 걸까. 혹시 민원인들도 같은 생각이 아니었을까? 이야기를 해도 들어주지 않는 세상에 화가 나서 그렇게 민원을 제기하는 걸지도 모르겠다. 문득 든 생각에 우울해진다. 서로가 처음의 '누군가'에게 상처를 받고 마음을 닫아버려 그렇게 행동할 수밖에 없었던 것은 아니었을까.

그래도 단호하게 말하고 싶다. 욕설은 안 된다. 인격 모독도 안 된다. 당신이 어떤 삶을 살아왔든, 내가 당신의 삶을 힘들게 한 당사자가 아니니까. 나도 사람이다. 최대한 차분하게 본인의 이야기를 전해야 한다. 그리고 같이 해결법을 모색하자고 해야 한다. 국민을 도와주기 위해 존재하는 사람이 우리다. 누구보다 입법이나 감사勘査 아이디어를 얻고 싶은 사람들이 우리다. 다른 이유를 차치하고서라도 우리는 모두 타인에게 '인간에 대한 예의'를 갖춰야만 한다.

꼭 국회가 아니더라도 이런 일은 모든 공무원들의 고충일 테다. 실제 현장에서 사람을 상대하는 자의 아픔이기도 하겠지. 공무원 중에서도 특히 지방행정직 공무원들은 현장에서 들어오는 민원에 대응하는 걸 많이 힘들어한다고 들었다. 충주시 홍보맨은 민원을 주제로 한 영상을 찍기도 했다. 그 영상이 낯설지가 않아 웃을 수도, 그렇다고 울 수도 없었다. 당연하게 참아내야 하니까.

사람에 대한 사랑과 예의를 잃지 않도록 우리, 서로에게 더 마음을 보내자. 조금 더 수화기 너머의 그와 그녀를 자식처럼 생각해주길. 그와 그녀가 당신에게 해를 끼치지 않았다는 사실을 잠깐이라도 떠올려주길. 조금만 더 민원인을 응대하고 있는 동료를 바라봐주길. 소소한 응원의 눈빛과 따뜻한 말 한마디가 그를 살릴 테니.

보좌진의 슬픈 자화상

한 대통령 후보가 티브이 예능에 출연해 이런 말을 했다. "정치인 A씨의 하루 일과는 어때요?"라는 질문에 대한 답. "하루 종일 전화하고, 하루 종일 뭘 보고!"

이 장면을 보면서 씁쓸한 미소를 지었다. 비단 유력 정치인만의 일일까. 사안이 생기면 가장 먼저 반응하는 게 바로 의원과 보좌진의 휴대폰이다. 성난 시민들이 문자 행동을 할 때도 가장 먼저 울려대는 것이 의원들의 휴대폰이다. 혹여 의원에게 불미스러운 일이 생겼다 하면 확인 전화는 기본이요, 의원이 낸 법안, 성명, 발언 등등으로 인터뷰하기에 바쁘다.

국정감사 시즌에는 더하다. 기자들 연락처에 더해 정부 부처, 민간기업, 노조 등 이름 모를 사람들의 연락처는 덤이다. 우후죽순 번지는 바이러스처럼 저장되지 않은 번호가 퍼진다. 부처와 직책과 이름으로 시작해 쏟아지는 전화에, 한쪽 어깨에 휴대폰을 걸쳐두고 다른 쪽 팔로는 열심히 필기를 해야 한다.

정치 관련 일을 하기로 한 이들의 숙명이다. 모르는 사람과 하하 호호 업무 전화를 해야 한다는 것. 계속해서 시도 때도 없이 울리는 전화기를 외면하지 못하고, 부재중의 흔적이 남기 전에 받는다는 것, 받아야만 한다는 것.

언젠가는 휴대폰을 들고 엄마에게 전화를 하려다 울적해졌다. 통화 기록을 눌러서 전화를 거는 내 습관상 버튼을 눌렀는데, 어째 스크롤을 내려도 내려도 부모님의 번호가 나오지 않았다. 자꾸만 쌓여가는 모르는 번호들에 부모님의 번호는 묻히고 만다. 내 인생에 중요하지 않은 번호는 이렇게나 늘어나는데 정작 중요한 번호는 찾기 어려워지는 것이다.

한 선배가 말했다.

"한번은 여자친구랑 싸운 적이 있었어. 나보고 어떻게 하루에 단 한 번도 연락할 시간이 없냐고 하더라고? 화장실 갈 시간도 없었냐고. 그래서 바로 사과했어. 미안하다고. 이런 적이 한두 번이 아니었거든. 근데 말이야… 그렇게 사과를 하고 나서 생각해보니까 진짜 내가 그날, 화장실을 한 번도 못 갔던 거야. 그리고 전화 기록을 봤어. 다 일이랑 관련된 사람들인 거야. 다른 방 보좌진, 의원, 기자들, 협력관. 그제야 생각난 거지. '아, 맞다. 나 하루 종일 전화 받느라 정신없었지.' 결국 걔랑은 헤어졌어."

보좌진의 슬픈 자화상이다.

퇴사하면 하고 싶은 것 1위. 휴대폰 번호 바꾸기, 그리고 카카오톡 탈퇴하기.

덕지덕지 붙어 있는 카카오톡 추천 친구와 얼굴 모를 사람들의 번호를 훌훌 털어내고 싶다. 소중한 사람들의 흔적과 추억만 남기고 싶다. 정말 내 삶에서 중요한 것들만 살피면서, 내 사람들만 챙기면서 안부를 나누는 삶을 살고 싶다. 그냥 그렇다.

오직 다정한 사이만
살아남을 수 있으므로

출입증을 목에 건 지 한 달도 안 돼 모시는 의원님이 상임위원장이 되었다. 그 탓에 직원 모두가 위원장실로 이사를 했다. 아직 내 마음도 미처 다잡지 못했는데, 둥지를 먼저 옮겼다. 의원회관에서 파란 돔의 본관으로 옮긴 보금자리가 얼렁뚱땅 근무지가 됐다.

• • •

늦잠을 자버렸던 여름날, 등줄기가 오싹했다. '뛰어가면 승산이 있을지도 몰라.' 템포 빠른 음악을 켜는 게 가장 먼저 할 일이다. 달리기를 잘한다는 건 적어도 내게 있어 아주 큰 장점이었다. 아홉 시를 고작 몇 분 남겨둔 상황. 돔 안엔 도착했는데, 위원장실은 4층. 내겐 더 이상 뛸 힘이 남아 있지 않았다. 피치 못해 엘리베이터로 질주했다.

달려오는 나를 보더니 정장 입은 경호원들이 엘리베이터 문을 잡아주었다. 감격했다. 이토록 다정한 국회라니! 이어폰에서 흘러나오는 음악을 들으며 넙죽, 감사 인사를 했다. 그런데 이상하다. 문이 닫히질 않는다. 경호원들이 버튼에서 손을 떼지 않는다. 사람들도 슬금슬금 엘리베이터를 비껴 간다. 그대로 나의 시간만 멈춰버렸다. 일 초, 이 초, 삼 초…. 애석하게 시간은 가고, 지각을 앞둔 인턴은 갈수록 초조해진다. '왜 문을 안 닫아 주지?' 불길한 징조다. 기어이 지각할 것만 같다. 불안에 휩싸인다. 슬쩍 상황을 살폈다. 이게 웬일.

…저 멀리서 국회의장님이 오고 있다.

젠장, 이건 나를 위한 배려가 아니라 의장님을 위한 의전이었던 것이다. 어색하게 눈이 마주쳐버린 나. 엘리베이터에서 내리기엔 늦고 말았다. 어정쩡하게 이어폰을 빼고, 90도와 45도의 중간쯤 각도로 허리를 굽혀 인사했다.

"좋은 아침이에요."

인자한 미소가 매력인 의장님은 웃으면 눈이 없어진다. 다시 한번 크게 꾸벅하고 고개를 드니, 비로소 엘리베이터 문이 닫혔다. 그대로 얼어버린 채 눈만 데굴데굴. 국회의장님과 보좌진, 경호원 그리고 어벙한 인턴 한 명. 어색한 기류가 흐른다.

'어쩐지! 이상하더라니!' 지각 걱정은 사라진 지 오래였다. 생각이 마구 나부끼는 대로 내버려뒀다. 의장실이 있는 2층에서 문이 열렸다.

"먼저 내려요. 좋은 하루 보내요."

살짝 뒤돌아 슬며시 웃으며 건네준 인사. 나는 또다시 어리숙하게 꾸벅 인사할 뿐이었다. 문이 닫히고 비로소 푸하, 숨통이 트였다.

우리나라 의전 서열 2위를 봤다. 그 자체도 놀랄 노 자인데, 엘리베이터를 같이 타다니! 아찔하면서 신기했던 경험이었다. 다시 말하지만, 그땐 출근한 지 고작 한 달도 안 됐었다. 어수룩한 병아리 보좌진은 뒤늦게나마 그 찰나를 떠올리고 또 떠올렸다.

• • •

위원장실에 있을 땐 야근이 일상이었다. 내가 "언제 끝날 것 같아요?"라고 행정실 직원에게 물어보면 씁쓸하게 웃으며 "저도 모르겠어요"라고 답하는 날이 잦았다. 서로의 지친 표정을 보면서 위로의 눈짓을 나눴다. 자정을 넘긴 시각, 그제야 집에 가기 위해 택시를 잡으려고 하면, 많은 인원이 한꺼번에 쏟아져 나와 택시 잡기가 좀처럼 쉽지 않았다. 의도치 않게 사무처 직원들과 함께 택시 카풀도 많이 했다.

마냥 무섭게만 보이는 곳에 다정한 순간들도 많았다.

언젠가는 회의가 너무 길어지는 바람에 혼자 잠과의 사투를 벌이고 있었다. 그러다 '이러면 안 되지'라는 각오로 확 정신을 차렸는데, 그 순간 날 보고 있던 한 의원님과 눈이 딱 마주쳤다. 웃음을 참으면서도 짐짓 엄숙한 표정을 짓던 의원님.

이른 아침, 회의 준비로 일찍 출근한 탓에 배가 고팠던 나는 내 자리에서 아침밥을 먹는 데 여념이 없었다. 그때 "혹시 자료 어딨어요?" 하는 목소리가 들렸다. 입가에 밥풀을 묻힌 채 입안 가득 음식물이 차서 아무 말도 못 하고 눈만 데굴데굴 굴렸더니 "하하, 천천히 먹어요. 기다릴게요" 하며 배려해주었던 의원님. 일전에 인쇄하는 걸 도와주었더니 번호를 기억하고는 "미안해요. 오늘 지각할 것 같아서 인쇄 좀 부탁해요"라며 왠지 모를 친근한 모습으로 연락해온 의원님까지.

국회라서, 작은 순간 하나하나가 빠짐없이 모두 각별했다.

• • •

뭔지 모를 위화감이 느껴지는 국회의사당 건물, 파란색 돔, 주변의 경찰들, 어딘지 의뭉스러운 공간, 갈등과 암투와 싸움과 다툼 같은 부정적인 키워드가 연상되는 곳. 나 또한 그랬다. 끝없는 비관만 있었던 것은 아니지만, 그렇다고 환상은 없었다. 의원들을 둘러싼 흉흉한 소문 탓에 사람에 대한 불신도 많았다. 선입견은 두려움을 증폭시킨다.

그러나 매일같이 다른 색감의 모습을 보게 된다. 건물별로 다양한 사람들이 복작복작하며 다를 것 없는 하루를 보낸다. 여기도 사람 사는 곳이라는 걸 매일 깨닫는다. 점심때는 삼삼오오 운동장을 돌기도 하고, 배드민턴을 치고 축구도 하고, 풀리지 않는 문제가 있을 땐 며칠이고 밤을 지새우면서 고민하는, 사람의 온기가 배어 있는 곳이다. 매일 밤 불을 밝히는 많은 이들의 얼굴을 하나하나 보고 있노라면 이따금 뭉클해지며 이곳의 일원인 것에 감사하게 된다.

국회에서 일하는 정치인들의 모습을 보면 그저 동네에서 흔히 마주칠 수 있는 아저씨, 아줌마와 비슷한 점도 많다. 만나면 먼저 인사를 건네고, 급해 보이는 사람을 위해 엘리베이터 열림 버튼을 지그시 눌러주고, 직원들의 보좌에 부담스러워 몸 둘 바를 모르고, 일상의 유머를 나눈다. 이곳의 모두가 그냥 평범한 사람들이다. 천지에 널린 의원들, 보좌진, 당직자, 기자, 사무처 직원, 협력관, 입법조사관, 법제관, 사서, 방호팀, 미화팀,

시설팀, 화분관리팀, 안내팀, 조경팀, 우체부 등이 모여 서로의 리듬으로 조화를 이루고 사는 것이다.

실은, 남몰래 그 공간의 사람들을 사랑했다.

2장

개울물이 모여 바다로 간다

발의 기술자가 되지 않겠다는 다짐

그날이 오고야 말았다. 들어온 지 채 일주일도 안 되었고 원 구성조차 되지 않았을 때, 의원님이 한 상임위원회의 위원장으로 유력하다는 소문이 돌았다. 나는 괜히 관련 상임위 책자를 뒤적이고 있었다. 무슨 말인지도 모르면서 쫙쫙 밑줄을 긋고 있는 모습이 조금 무료해 보였을까.

"법안, 만들어볼래요?"

"네? 무슨 법안이요?"

"평소에 필요하다고 느꼈던 거 없어요?"

머리가 하얘졌다. 후욱, 부담이라는 연막탄. 대학 시절 세 차례가량 법안을 만들어보긴 했지만, 여기는 진짜 국회가 아닌가. 실제로 발의發議가 이루어지는 곳. 그간 복지, 노동, 환경, 통일 문제와 관련해서는 고치고 싶은 점이 정말이지 많았다. 하지만 의원님이 곧 위원장을 맡을 상임위는 경제 관련 위원회다. 그래서 이왕이면 경제와 관련한 법을 만들고 싶었는데, 경제란 정말이지 내게 생소한 분야였다.

발등에 불이 떨어졌다. 법안 아이디어를 얻기 위해 먼저 여기저기 신문 기사를 훑어봤다. 가족들에게도 지인들에게도 조언을 구해봤다. 뾰족한 답을 찾기가 어려웠다. 그러다가 정말 내가 원하는 것에 집중해보기로 했다. 개인적으로 집은 사는(buy) 것이 아니라 사는(live) 것이라는 지론이 있었다. 따라서 다주택자에 대한 법을 만들어보면 어떨까 하는 데 생각이 미쳤다. 갭투자를 방지하고 거주 목적의 실수요자를 위해 주택시장을 개선하고 싶었다. 평소 부조리하다고 느껴온 참이었다. 무작정 관련 법안을 찾았다. 소득세법이었다.

법안을 만들 때, 입안자가 꼭 채워야 하는 빈칸이 있다. 제안 이유, 주요 내용, 개정사항, 신·구조문대비표. 제안 이유와 주요 내용까지는 어찌어찌 잘 채웠는데, 막상 법의 본질인 개정사항이 문제였다. 어떤 부분을 개정해야 할지 막막했다. 어려운 단어가 너무 많았지만, 하나하나 용어를 찾아가며 독파해나갔다. 소득세법의 대부분은 수치의 문제였다. 내가 고쳐야 할 부분도 퍼센티지를 조율해야 하는 문제였다.

시간이 흐르면 흐를수록 난감했다. 나의 내공이 부족하다는 생각이 들었고, 관련 내용을 찾으면서 무심코 발의될 법 하나가 미칠 수 있는 영향력에 대해서도 알아버렸다. 며칠 골머리를 읊다가, 얼기설기 조악하게 만든 법안을 비서관님에게 가져갔다. 그는 조용히 법안을 훑더니 별다른 피드백이 없었다. 내가 봐도 자신이 없는 법안이었다.

"아무래도 수치를 만지는 문제라 좀 어렵죠? 법제실에 한번 맡겨볼래요?"

어떤 답도 하기 어려웠다. 고개를 저었다. 입을 옴짝달싹하다가 겨우 뗐다.

"사실 이런 법안을 법제실에 맡기자니 좀 죄송합니다. 개정으로 얻는 실익도 없고…. 그보단 시행령을 바꾸는 게 시급해 보입니다."

비서관님이 고개를 주억거렸다.

"좋은 생각이에요."

확신 없이 만든 법안을 다른 이에게 떠넘기기는 싫었다.

패기와 열정, 국민감정을 똘똘 뭉쳐 만들었던 개정안은 결국 세상의 빛을 보지 못한 채 여전히 폴더 속에서 쿨쿨 잠자고 있다. 하지만 그 과정에서 교훈을 얻었다. 실제 국민감정을 곧바로 법안으로 옮길 수 없는 경우도 있구나. 법으로 개정 가능한 것이 있고, 시행령 개정이 필요한 것이 있구나. 또한 법령 형태로 규정되지 않은 것도 많구나. 수치를 조정하는 법 개정은 풍

선 효과처럼 다른 부작용을 낳을 수도 있겠구나 등등. 그것만이 아니었다.

'어쩌면 깊은 고민을 바탕으로 이뤄지지 않은 법안이 생각보다 많겠다.'

• • •

간호사인 친구가 태움을 당하는 상황이 안타까워 만들었던 '간호사 태움 방지법', 평소 심각한 사회문제라고 생각해온 괴롭힘 문제를 근본적으로 해결할 수 있을 만한 '직장 내 괴롭힘 방지법', 그 외 이익단체를 위한 법 등 해결하고 싶은 게 있을 때면 법안을 만드는 일이 제법 즐거웠다.

실낱같은 아이디어가 하나 생기면 법안 만들기가 본격적으로 시작된다. 인터넷상의 모든 자료(조사, 통계, 기사, 인터뷰, 심지어는 커뮤니티 글까지)를 싹 다 찾아본다. 그렇게 지적된 문제를 살피다 보면, 어떤 것이 더 보강되어야 하는지가 선명해진다. 이런 식으로 법안의 빼대를 먼저 잡고, 체계를 고려하여 법을 만드는 것이다.

이번 임기가 허리께에 온 지금, 국회에는 무려 2만 건의 법안이 발의되어 있다. 무려 2만 건! 국회에서는 소위 입법 실적을 위한 여러 노력이 자행된다. 위원장실에서 여러 법안을 검토했던 보좌진으로서 도저히 용납이 안 되는 경우도 많이 보았다. 사실관계가 틀린 법안, 이미 발의가 된 법안과 내용 및 표현이 똑같은 법안을 비롯해, 단순히 한자어를 한글로 바꿔 내는 경우도 많았다. 그리고 국민적 이슈가 있을 때 관련 법안을 후다닥 만들어 병합심사 기차에 태운 뒤 본인의 대표 발의 법안 개수를 부풀리고 이를 의정보고로 활용하는 경우도 있었다.

법 하나가 세상에 탄생하는 데는 여러 과정이 필요하다. 많은 이의 손길이 닿아야 하고, 많은 검토를 거치게 된다. 특히, 체계의 정합성을 고려하는 등의 기술적인 부분은 '늘공(늘 공무원)'이 담당한다. 그럼 '어공(어쩌다 공무원)'이 해야 할 일은 무엇이냐? 사회의 문제를 파악하여 법안 아이디어로 담아내는 것이다. 하나를 하더라도 꼭 필요한 법인지 제대로 고민하고 법안에 양심을 담아 만들어내는 것이다.

형식적인 발의 기술자가 되지는 말아야겠다고 거듭 다짐한다. 문제를 향한 날카로운 의식을 계속 견지하는 사람이 되어야겠다.

찌든 수통을 치약으로 닦아내며

아침부터 보좌관님한테서 전화가 걸려왔다. 이렇게 이른 아침에 전화하는 법이 없는데, 무슨 일이지? 못 들은 척할까? 고민을 한 백 번쯤 한다. 하지만 오래 저항할 수는 없다.

"여보세요."

"좀 일찍 나와줘야겠어요."

시작됐다. 가장 치열하게 보내야만 하는 가장 좋은 날들이.

회관 사람들은 가장 선선한 계절을 가장 뜨겁게 보낸다. 눈 빠지게 자료를 보고, 수화기를 들었다 놨다 하며 부처에 계속 추가 자료를 요청하고, 홍보물과 보도자료를 만들고, 의원님의 요청에 즉답해야 하는, 한시도 긴장의 끈을 놓을 수 없는 그 때, 바로 국정감사 기간이다. 직원부터 피감기관까지, 시작부터 종료까지 모두의 피를 바짝바짝 말리는 시간이다.

모든 의원실의 생태가 대체로 다음과 같다. 국정감사 기간이 되기 전부터 국정감사는 시작된다. 의원의 지시로 피감기관별로 다섯 개 이상의 질의서를 써야 한다. 말이 쉬워 다섯 개지, 이전까지 지적된 바 없는 속칭 '야마'(기사의 핵심 주제를 의미하며, 논조, 프레임, 기자의 선입견까지 망라하는 언론계 은어이다)를 선정하는 것조차 쉽지 않다. 피감기관 두 개를 맡으면 할당되는 질의서는 총 열 개. 한숨이 절로 나온다.

"뭘 어떡해? 해야지, 뭐."

친구와 함께 징징거리다가 마음을 다잡아본다. 진짜 별수 없다. 하는 수밖에.

요구자료를 훑고 기사를 읽고 역대 자료를 보면서 '꼭지'를 찾아 헤맨다. 한바탕 기관의 문제점을 찾았다면, 추가 자료를 요청할 순서다. 자료나 기사를 보면서 기관 내에 어떤 문제가 있는지를 파악한다. 최대한 구체적으로 질의서를 작성한다. 빠르게 받아볼 수 있도록 협력관에게 전화 한 통 넣는 것도 잊지 않는다.

그런데 자료를 보다 보면 이상한 점을 발견하는 경우가 있다. 대개 국회에서는 5개년 자료를 요구하는 경우가 많은데, 일 년 차부터 이 년 차, 삼 년 차, 사 년 차, 오 년 차에 이르기까지 똑같은 사항이 똑같은 방식으로 지적되어왔는데도 전혀 개선되지 않은 상황을 발견한 것이다. 난감하다. 최근의 이슈도 그간

고쳐지지 않았던 문제들과 맞닿아 있는데, 대체 오 년 동안의 국정감사가 발휘한 효용성은 무엇이었단 말인가. 이때는 살짝 현타가 온다.

여러 날 밤을 새워서 간신히 일곱 개의 질의서와 PPT, 그리고 보도자료를 만들었다. 큰일이다. 국정감사가 이틀 남았는데 나머지 세 개는 어디에서 채운담. 자료가 와야 질의서를 쓸 수 있는 것 아닌가. 어찌어찌 밤을 꼴딱 새워 겨우 개수를 채운다. 내일 국정감사 시작을 앞두고 기자들에게 메일로 보도자료를 송고한 후, 자정이 넘은 시각에 하루를 마무리한다.

드디어 결전의 날. 피감기관에 대한 무차별 난타전이 시작된다. '정책 국정감사'를 이행하는 의원은 손에 꼽힌다. 내가 담당했던 상임위의 국정감사를 쭉 따라가면서 정말 감탄한 적이 있다. 기자들도 '현안, 사람, 비리'에 대한 자극적인 헤드라인을 뽑아내기 위해 혈안이 되어 있고, 의원들은 한 번이라도 더 언론의 스포트라이트를 받기 위해 칼을 갈고 있을 때, 꼿꼿하고 고고하게 정책 질의를 한 의원님이 한 명 있었다. 딱 한 명! 언론이 그런 의원님을 집중 조명하면 좋으련만, 아쉽게도 클릭 수가 잘 나오는 '야마'는 그런 게 아니었다.

그리하여 악순환이 반복된다. 민생과는 거리가 먼, 상대편 때리기가 이어진다. 피감기관 역시 악순환이 반복되기는 마찬가지다. 대충 대답하기 전략을 세운 피감기관 출석자들은 의원들의 질의에 면피용 답변만 내놓는다. "질문을 잘 이해하지 못했다"는 조롱, "그 질문에는 대답하지 않겠다"는 불성실한 대답, "시정하겠습니다"라는 거짓말. 작년의 질의가 올해의 질의가 되고, 올해의 질의가 내년의 질의가 되는 악순환은 이렇게 벌어진다.

한창 공수처법의 헌법소원이 문제시되고 있었다. 공수처의 발족을 앞두고 여야 모두 빠른 심리(재판의 기초가 되는 사실 및 법률관계를 명확히 하기 위해 법원이 증거나 방법 따위를 심사하는 행위)를 재촉했다. 알아보니 헌법재판소에는 '적시사건처리지침'이 있는데도 불구하고 규정된 기간 내에 처리되지 않는 사건이 많았다. 몇 해 전부터 꾸준히 국정감사에서 지적되어온 상황이었다. 다른 의원들도 똑같은 질의를 준비한 듯했다. 변하지 않는 행태에 대하여 여러 사람을 통해 발화되는 유사한 지적사항들. 제발 좀 변했으면 하는 마음으로 서면질의를 넣었다. 그리고 당연하게도, 이 년 전에 지적한 질의 사항은 일 년 후에 다시금 도마에 올랐다. 역시나 제자리걸음이다.

"군대가 바뀔 수 있잖아. 우리가 바꾸면 되지."

"저희 부대에 수통 있지 않습니까. 거기 뭐라고 쓰여 있는지 아십니까? 1953…. 6·25 때 쓰던 거라고."

"…."

"수통도 안 바뀌는데, 무슨."

군내 부조리와 선임의 가혹 행위를 견디다 못해 탈영한 한 병사가 자신을 체포하러 온 헌병에게 건넨 드라마 대사이다. 수통도 안 바뀐다는 말에, 설득하던 헌병은 말문이 막힌다. 일찍이 전역한 친구에게 군대의 현실이 여전한지 물었다. 본인도 그 수통을 썼단다. 아직도 쓰는지 몰랐다고 했다.

큰일이다. 국회는 사십 년 된 수통을 닮은 면이 있다. 혹자는 말할지도 모른다. 더디지만 변화하고 있다고. 공감하지 못하는 바는 아니다. 그런데 그 더딘 변화가, 어째 나는 단순히 치약으로 수통의 주변부만을 닦아내는 행위 같을까. 진정 바뀌어야 할 것은 좀처럼 바뀌지 않는다. 쳇바퀴 같은 질의를 하는 사람들, 요리조리 면피하는 사람들, 그들을 보필하는 사람들, 매해 가을을 그렇게나 혹독하게 보내면서도, 매해 그 도돌이표를 감내하고야 마는 이들.

혹시나 하는 기대감으로 수통 교체에 관한 기사를 뒤적였다. 몇 년이 지났을까. 신형으로 바뀐다고 한다. 몇 년 후면 전부 교체된다니…. 그래그래, 너무나도 더디지만, 분명 변화하고 있다.

기사엔 담기지 않는 진짜 이야기를 다루는 방법

사람들은 항상 궁금해한다. 의원이 의원답게 일하고 있냐고. 놀고 있는 거 아니냐고 말이다. 세비가 아깝다는 말을 끝에 덧붙이는 것도 잊지 않는다. 그러나 실상 우리가 보는 모습은 다르다. 나는 그게 아쉬웠다. 기사는 동그란 보름달을 요리조리 가려 때론 상현달로, 때론 하현달로 만든다. 의정활동의 흐름을 보여주지 못하고 편린만 다룬다.

사상 초유의 재판관 탄핵소추 의결, 공수처 발족, 중대재해처벌법 제정, 스토킹처벌법, 임대차 3법, LH 사건, 낙태죄 손실보상, 코로나19 대응 등 한 해 동안 의원실에는 다양한 사안을 둘러싼 많은 일들이 소용돌이처럼 휘몰아쳤다. 잠시만 떠올려도 주르륵 쏟아질 만큼 무수한 의제를 처리하고 여러 일정을 소화했다.

• • •

막내 보좌진이 주로 맡는 업무가 있다. 바로 홍보다. 포스터

나 영상 제작, SNS 관리, 사진 촬영 등이 해당된다.

여러 가지 일을 해왔지만, 특히나 각별했던 일이 있었다. 바로 '월간 의정보고'. 이를 기획하게 된 것은 단 하나의 이유, 즉 기사의 한계 때문이었다. 기사가 다루지 못하는 의원님의 의정활동을 좀 더 자세하게 보여줄 필요가 있다고 생각했다. 그래서 다른 의원실과는 다른 방식으로 기획했다.

한 선배가 물었다.

"다른 방들 쭉 찾아보니, 주로 사진과 간단한 설명만 들어가더라고요. 지금의 방식을 선택한 이유가 뭐예요?"

"이런 발언은 왜 나왔고, 어떤 워딩으로 약속됐고, 그게 어떤 방식을 거쳐 이뤄지는지에 대한 성과를 사람들에게 보여주고 싶었어요."

내가 보는 국회의 모습을 왜곡 없이 전해주고 싶었다.

상사의 말처럼 이미 월간 의정보고를 하는 의원실들은 사진과 간단한 설명이 주였다. 나는 여기서 더 나아가야 한다고 생각했다. 국민의 시선에 부합하려면 꼭 필요한 부분들이 있었다. 사람들은 어떤 일정을 수행하고 있는지보다 일정에 따라 '어떤 결과가 빚어지는지'를 궁금해했다. 또한 기사에 담기지 않는 내밀한 과정들, 이를테면 여야 협상의 내용 또한 보여주어야 했다. 아울러 미처 알려지지 않은 비공개 일정도 많기에 이를 보여준다면 불신을 걷어낼 수 있지 않을까 생각했다. 마지막으로 불친절한 정치적 언어를 풀어 중요한 법안에 대하여 눈높이에서 설명해줄 필요가 있었다. 이 모든 것이 사람들이 읽기 편한 포맷으로 이뤄져야 했다.

이 같은 고려 사항에 따라 만들어야 하는 의정보고서는 다음의 형태를 띠어야 했다. 각 정책 사안마다 과정의 내밀함을 그려낼 것. 글뿐만 아니라 사진을 많이 첨부하여 사람들의 피로감을 줄이고 일정을 캘린더 형식으로 모두 담아낼 것. 무엇보다 어려운 용어가 담긴 법안의 경우 친절한 용어로 풀어서 설명할 것.

• • •

나는 하고 싶은 게 있으면 해야 직성이 풀리는 성격이다. 오롯이 감당하는 것이 많아질수록 성장의 나이테는 짙어진다고 믿고 있다. 자료 수집, 기획, 제작 등 전 과정을 맡았다. 여간 품이 많이 드는 게 아니었다. 동시다발적인 일정을 각 분류에 맞게 솎아내면서 흐름을 따라가기란 쉽지 않았다. 여러 회의에서 발언하는 메시지, 그에 따라 정부와 부처에서 내어놓는 반응과 대응들, 야당의 반발, 야당의 메시지와 대응, 국가의 바뀐 모습을 하나하나 정리해 전부 담아냈다.

시행착오를 겪으며 발전했다. 처음에는 줄글로 서술하다 나중에는 사진 위주로 가독성 있게 내용을 담았는데, 그러자 아예 웹페이지 같은 긴 홍보물이 되었다. 또한 포토샵 실력도 급상향 곡선을 그리게 되었다.

지금은 뿌듯한 감정만 남았지만, 당시에는 형용할 수 없을 만큼 힘들었다. 매번 꼬박 지새운 밤, 홀로 출근한 주말, 마음처럼 실력이 따라주지 않아 괴로웠던 날들도 많았다. 결자해지結者解之라고 했다. 순전히 나의 욕심으로 시작한 일이니 잘해내고 싶었다. 하나의 일을 하더라도 국민의 눈높이에 맞춰서 일하는 것, 안 된다고 하는 게 아니라 되는 방법을 찾아내는 것. 성장 동력은 거기에 있었다.

나부터 가다듬어야 한다는 것은

처음 국회에 들어온 내겐 이상한 의무감이 있었다. 엘리베이터는 누가 먼저 타야 하고, 같이 차를 탈 땐 어디로 타야 하고, 이동할 땐 누가 앞서 걸어야 하고, 식사 장소에선 누가 어디에 앉아야 하는지 따위를 모조리 알고 있어야 한다는 생각이었다. 한마디로 의전에 대한 의무감이 있었다.

국회에서 일하면서 가장 멀게 느껴졌던 이들을 가장 가까운 곳에서 만나게 되었다. 이전과는 다른 행동이 필요했다. 사회생활을 위해서도 그랬고, 이른바 '높은 분들을 모시기' 위해서도 정해진 행동방식이 있었다.

국회의 생활양식에 적응하기 위해 많은 자료를 찾아봤다. 정부에서 발행한 의전에 대한 책자까지 섭렵했다. 그런 종류의 책을 읽고 있다고 했더니, 상사가 그럴 필요까지 있느냐며 핀잔을 주었던 것이 생각난다. 덜렁대는 성격에 누군가의 비서 역할을 수행한다는 건 상상조차 해보지 않았던 나로서는 당연했다. 이곳의 문화적 매너 정도는 새로 익혀야 할 것이었다.

드라마나 영화를 보면 의원을 따라다니는 보좌진이 나온다. 과거엔 이들을 가방모찌라고 비하하기도 했는데, 아무튼 이 업무의 공식 명칭은 '수행'이다. 나도 가끔 수행을 나설 때가 있었다. 대체로 수행하는 사람이 정해져 있었으나, 일정이 많을 경우 의원실의 인력이 돌아가며 틈새를 메워야 했다.

내 경우엔 모든 수행 일정이 설렜다. 새로이 마주할 경험에 한 번 설레고, 잘할 수 있을까 두 번 설렜다. 평소 과묵한 의원님이 칭찬 한 번 해주면 세 번 설렜다.

• • •

한창 선거로 바쁠 때, 제주도로 출장을 간 적이 있었다. 선발대로 선배 두 명이 먼저 떠나고, 나와 수행비서관이 후발대로 의원님을 모시고 넘어가는 일정이었다. 그런데 아뿔싸, 수행비서관이 갑자기 코로나에 걸렸다. 비상사태다. 울며 겨자 먹기로 의원님과 단둘이서 제주행 비행기를 타야만 했다. 낭패였다.

"네가 의원님을 수행하는 게 아니라, 의원님께서 널 수행하는 거 아니야?" 가족들은 나를 걱정했지만, 나는 호기롭게 잘할 수 있으리라 생각했다. 그러나 실제론 아니었다. 수행 내내 미경험자의 미숙함이 그대로 드러났다.

앞서가던 의원님이 나를 기다려주기도 하고, "자리 괜찮아?" 하고 상냥하게 물어봐주기도 했다. 허둥대며 자료를 찾는 나를 위해 다른 일을 보는 척 배려해주기도 여러 번이었다. 그때의 감사했던 마음은 다 표현할 수가 없다. 그리고 그제야 알았다.

'수행은 정말 아무나 하는 게 아니네!'

연이어 든 생각.

'수행은 자신부터 가다듬는 일이구나.'

수행하는 사람은 한 번에 많은 사항을 고민하고 챙겨야 한다. 담당자 번호를 미리 알고 있어야 하고, 목적지가 어딘지, 동선이 어떻게 되는지 등 행사 전반에 대해 꿰고 있어야 한다. 체력 소모는 말도 못 한다. 날이 덥거나 추울 땐 고통이 배가 된다.

특히, 대표급에게는 청와대의 의전비서관과 같은 고민이 필요했다. 두세 명이 붙어 행사의 준비부터 시작과 중간, 끝까지 파악해 챙겨야 할 점을 미리 생각하고 행동해야 한다. 차량을 운전하거나, 동선을 미리 살펴 인도하거나, 사진을 촬영하거나, 동행하여 조직을 관리하는 등 수행비서관의 역할은 무궁무진하다.

여름에 있었던 군부대 방문 일정을 예로 들어보겠다. 대표단을 이끌고 가는 기획 일정이라 준비부터 진행 과정 전반을 우리 대표실이 컨트롤해야 했다. 군과 얽힌 일정은 특별히 예민하다.

각 의원의 보좌진이 함께하지 못하는 상황이었기에 우리 의원실에서 나를 포함한 세 사람이 차출되어, 모든 참여 의원님을 서포트해야 했다. 게다가 기자들이 대거 동행하는 탓에 더욱 살이 떨렸다. 공간적 특수성 때문에 발생할 수 있는 돌발상황도 염두에 두어야 했다.

몇 시간 앞서 도착해 동선을 살폈다. 어떤 문으로 들어가고, 어떤 문으로 나가야 하는지, 어떤 걸 유의해야 하는지 단계별로 하나하나 챙겼다. 실시간 상황 또한 분주히 공유했다. 의원님들이 도착하고 나선 착실히 수행했다.

발생할 수 있는 사항을 예견해 말씀드리기도 했다. 말씀은 언제 어떻게 하면 되는지, 괜한 오해를 살 수 있으니 밥을 담을 땐 조금만 펴야 한다든가, 오른쪽이 진행 방향이니 그쪽으로 가야 한다는 것까지. 아 참, 식사 전 말씀은 조금 짧게 해달라고 당부드리는 건 놓쳐버렸지만. "뭐 이런 것까지 알려줘?" 할 만큼 사소한 것까지도 더욱 꼼꼼하게 처리해야 했다.

그럼에도 현장에선 돌발상황이 빈번했다. 각 의원실에서 알려준 사이즈대로 준비했는데도 현장에서 일부 의원님의 군복이 안 맞는 경우도 있었고, 갑자기 말씀 자료를 찾기도 했다. 바로바로 현장에서 대응하고, 손에 들고 있던 자료를 건네고, 재차 또박또박 설명해서 위기를 모면할 수 있었다.

한 수 앞서 보고 생각하며 발생할 수 있는 문제에 대해 대응하도록 체계를 구축해두는 것이 얼마나 중요한지 깨달았다. 무사히 다녀오고 나서야 일정을 성공적으로 마쳤다는 안도감이 피어올랐다.

• • •

내게 수행은 항상 설레는 일이었지만, 체력적으로 힘든 일이기도 했다.

코가 빨개질 정도로 추웠던 날, 현충원 참배부터 추가경정 예산안 협상, 의원총회, 본회의까지 계속 의원님을 수행했던 적이 있었다. 이른 아침, 알람을 열 개 넘게 맞춰두고서야 겨우 일어날 수 있었던 날, 하루 종일 졸음이 가시지 않았다. 의원님을 따라 다니면서 사진 찍고 동행만 했을 뿐인데도 지쳐버리고 말았다.

녹초가 된 채로 퇴근 버스를 탔다. 타이밍 좋게 시작된 라디오 뉴스에서, 내가 함께했던 의원님의 하루 행적이 계속 흘러나왔다. 지도부가 현충원을 간 것부터 지난한 추경 협상 일정, 의원총회에다 본회의까지. 기분이 멜랑콜리했다. 내가 역사를 만들어가는 현장 한가운데 서 있구나, 실감이 났다. 감정이 벅차오르면서 힘들었던 마음이 사르르 녹았다. 귀한 경험을 하면서도 힘들어하기만 했던 건 아닌지 반성도 했다.

서포트하는 우리가 있기에 의원님들이 편하게 활동하며 여러 일정을 소화해내고, 제 목소리를 내어야 할 때 적절하게 낼 수 있는 거라는 자부심이 들었다. 귀하지 않은 역할은 단 하나도 없다. 국회에서 일하는 모두가 자신에게 주어진 일에 오늘도 묵묵히 열중하는 이유다.

당신에게 메시지를 부치는 마음으로

좋아한다는 이유만으로 매달리게 되는 것이 있다. 내게는 글이 그랬다.

나는 딱히 좋아하는 것이 없었다. '좋아한다'는 말에는 어쩌면 '좋아할 자격' 같은 것이 숨어 있는 것일까. 그러나 아무리 생각해봐도 내게 자격은 없는 것처럼 느껴졌다.

그러던 어느 날, 아마 스물두 살쯤이었을 것이다. 내게도 좋아하는 것이 생겼다. 그 일화를 소개하자면, 한번은 학교 측의 일방적인 소통을 비판하는 대자보를 쓴 적이 있었다. 대자보가 학교 곳곳에 붙고 난 뒤, 피곤에 찌든 채 들어간 전공 수업에서 교수님이 내 이름을 불렀다.

"근래 보기 드문 정중하면서도 날카로운 대자보였어."

딱 그때부터 자꾸만 사랑해달라 속살대는 것처럼 글이 나를 에워쌌다. 그 후 교수회의에서 다른 학과 교수님들의 호평도 받았다. 한 교양수업에서는 교수님이 내 리포트를 돌려주며

"학생 얼굴 한번 보고 싶었다"고 말했다. 그제야 나는 비로소 글을 사랑할 자격을 얻은 기분이었다. 어렴풋이 알았다. 앞으로 부단히도 글을 쓰리란 걸.

우리 업계에서는 글을 '메시지'라고 부른다. 메시지라는 단어에는 내가 사랑하던 글의 모습보다는 어쩐지 건조하면서도 알맹이가 담겨 있어야 할 것만 같은 의무감과 결연함 같은 것이 묻어 있다. 국회에 와서 메시지에 대한 갈망이 커졌다. 늘 그랬듯 글을 쓰는 사람으로 남고 싶었다. 다행스럽게도 보좌진에게 필요한 기본 자질이란 게 있다면, 단연 '작문'이었다. 언제나 글을 가까이할 수 있다는 의미였다.

"글 써봤다고 했지? 기대되네."

출근한 지 일주일이 되었을 때쯤 맡았던 축사를 기억한다. 그리고 들인 시간에 반비례했던 처참한 수준이었던 것도 생각난다. 처참했던 그 축사에는 안타깝게도 내 나름의 시간과 정성이 가득 들어 있었다.

낙심하지 않았다. 이후로 내게 주어진 모든 글을 좀 더 색다르게, 그 이면을 보며 쓰고자 노력했고 한 달째 되던 날, 드디어 "잘 썼네요"라는 네 글자의 담백한 평을 듣게 됐다. 이후로 쓰는 일이 더 많이 주어졌다. 좋아한다는 이유로 닮고 싶은 메시지를 필사하고, 여러 정치인의 글을 읽으며 배워야 할 점을 익혔다. 그렇게 혼자 단련의 시간을 보냈다.

"이번 메시지 한번 써보지."

잠시 드라마를 썼다는 이유만으로 한 배우의 수상을 축하하는 글을 덜컥 쓰게 됐다. 시간이 얼마 없었다. 내게 주어진 건 한 시간. 점심은 거를 수밖에 없었다.

"난 좋은데. 단톡방에 올려서 의견을 한번 물어보지."

그런데 이게 웬일. 해당 메시지는 이후로 꽤 많이 인용되었다. 어찌나 뿌듯하던지. 그게 기회가 되어주었다.

"당대표실 메시지팀 갈래요?"

두 가지 마음이 동시에 들었다. 날아갈 것 같은 기쁨과 끝없이 밀려드는 걱정. 그렇게 홀로 외딴 팀에 보내졌다. 천운이었다. 잠시 동안 당직자가 되어 원 없이 쓰고 또 썼다. 두 달여 간 백 편이 훌쩍 넘는 글을 썼다. 모두발언 발제와 꼭지, 연설문 등 모든 종류의 메시지를 썼다. 발버둥 친 시간과 날들이 모여 나를 단단하게 만들었다.

• • •

항상 좋은 글을 고민했다. 사람의 마음을 움직일 수 있는 글, 그리고 신사적인 글. 메시지가 수정되거나 삭제되는 경우를 꼼꼼히 파악해 부족한 부분은 메워갔다.

칭찬도 받았지만, 때론 혼도 났다. 메시지가 메시지답지 않다, 너무 어렵게 쓴다, 글이 가볍다, 비유가 너무 많다, 마치 대사 같다 등등. 가끔은 오탈자도 있었고, 전체 글이 조화롭지 않을 때도 더러 있었다. 때론 너무 짧다, 때론 너무 길다는 평을 듣기도 했다.

여전히 정치적 글쓰기에 대해 고민한다. 한 사람의 삶에 영향을 끼치게 될 글에 대해서 고민한다. 메시지를 쓰는 일은 상처받지 않아야 하는 일이다. 현안에 대해 빠르고 깊이 있는 시각을 견지하는 일이다. 때에 맞게, 적확한 내용으로 쓰는 일이다. 나는 그저 쓴다. 좋아해서 쓴다. 죽을 때까지 글을 업으로 삼고 싶다. 비록 발신인이 내가 아닐지라도 국민의 생각과 꼭 맞는, 사람을 살리는 그런 글을 죽을 때까지 쓰고 싶다.

살아온 궤적이 전부 기삿감이 된다

"근무시간에 주식 했어요, 안 했어요?"

쩌렁쩌렁 회의장이 떠나가라 울리는 목소리. 만약 이 질문을 받는다면 뭐라고 답할까. 업무시간에 주식을 한 적이 있는가, 없는가? 짐작건대, 주식을 경험해본 이들이라면 그 어떤 답도 쉽사리 내어놓기는 어려울 것 같다. 하지만 답을 유추해볼 수는 있겠다. 장은 업무시간에 열리기 때문이다.

이런 질문을 하며 성을 낸 사람이 있다. 마찬가지로 그 앞에서 대답을 주저한 사람도 있다. 전자는 국회의원이었고, 후자는 인사청문회 후보자였다.

• • •

"인사청문회 좀 맡아줄래요?"

전무후무, 새로운 조직이 신설됐다. 신설 조직에는 초대 기관장이 필요한 법이다. 잇따라 인사청문회가 예고됐다. 갑자기 내가 의원실 내 담당자가 됐다. 인사청문 요청서가 국회로 넘어왔고, 난생처음 후보자의 서류를 접했다. 당혹스러웠다. 손가락을 쫙 핀다면 엄지부터 새끼손가락까지 딱 그 정도의 두께. 한 사람과 가족에 대한 정보가 조그마한 글씨로 그 두께만큼 담겨 있었다. 가혹하다는 생각이 들었다.

첫 청문회이니만큼 평소보다 힘을 더 줬다. 아무리 위원장실이라 해도 의원 질의의 모든 내용을 꿰고 있으려면 그렇게 해야 했다. 두꺼운 기초 서류를 모두 읽고 천여 페이지의 서면질의서를 다 섭렵했다. 속속 도착하는 제출 자료도 빠짐없이 읽어보며 찾을 것 같은 내용은 전부 스크랩해두었다. 나오는 이슈에 대해 정확히 파악하고 또 근거를 찾아낼 수 있어야 했다. 뻐근해진 목덜미와 앞으로 굽는 어깨를 자꾸만 곧추세우면서 일했다.

자료를 넘겨보며 생각보다 사람이 청렴하다는 느낌을 받았다. 물론 걸리는 부분도 있기는 했다. 사소한 일로 치부해버린 것들이 있었다. 먼저, 기관에서 제출한 재직 연수와 청와대에서 제출한 재직 연수가 달랐고, 자녀의 출생신고일과 생일이 달랐다. 잘못 표기했겠거니 하고 그냥 넘어갔다. 문서를 작성하는 과정에서 당연히 실수가 있을 수 있다고 생각했기 때문이었다. 더군다나 신고일과 생일이 다른 게 무엇이 대수고 무엇이 문제라는 말인가.

하지만 가장 먼저 뜬 단독 기사가 바로 이 문제를 다룬 것이었다.

'사소하다 치부할 수 있는 문제도 형용사를 걷어내고 나면 필히 문제의 범주 안에 들어가는구나.'

사소한 것도 기사가 되는 청문회의 작동원리를 그제야 알게 됐다. 앞서 얘기한 주식 문제도 인사청문회의 질의 중 하나였다. 짧게 있다가 옮기고 짧게 있다가 옮긴 기록이 선명히 나와 있는 전입 기록은 후보의 가장 심각한 취약점이 되었고, 여러 번 다녀온 연수는 의문에 의문을 낳았다. 모든 기록을 파헤치면서도 '이런 게 문제가 될까?' 가볍게 넘겼던 것들이 기사화되는 걸 보며, 정말이지 많은 걸 깨달았다. 내가 문제라고 여겼던 것들의 역치가 낮았던 것인지, 아직 국회의 시각과 동기화되지 못한 것인지, 여러 생각에 빠지기도 했다.

첫째, 인사청문회는 정말 모든 것이 기사화가 되는구나. 둘째, 그렇기에 내가 문제라고 생각하는 부분이라면 좀 더 자신감을 가져도 되겠다. 셋째, 걸리는 게 있다면 끝까지 파헤쳐서 이해하고 넘어가야겠다.

'왜'를 다섯 번 정도 떠올리기. 깊이 파고들며 계속 호기심을 갖기. 마음에 걸리는 게 있다면 모두 적어두고 의문이 드는 것들에 대해 상사에게 알리기. 내 마음대로 해석하지 말기. 전체적으로 모든 문제를 파악하기. 내 판단에 따라 선택적으로 보고하면, 꼭 그런 데서 사고가 난다는 것도 배웠다.

공직자의 영역에 대해 생각해본다. 기준을 되새김질해본다. 후보자들 또한 시시콜콜한 모든 내용이 기록으로 남아 있을 테니, 한 점 부끄러움이 없는지 고개 들어 생각해봐야 한다. 자신이 높은 잣대를 통과할 만큼 고위직에 진정 어울리는 사람인가 하는 것부터.

현실에 발붙인 정책을 위하여

겨울이었다. 특유의 차가웠던 분위기가 기억난다. 선거 준비로 안팎이 분주했다. 대표실로서 당시 국민이 체감할 수 있는 정책을 발굴하기 위해 심혈을 기울였다. 그때 주목한 것이 다름 아닌 '기본자산'이었다. 청년들은 물론 상하위 계층 간의 격차가 심각하다고 보았고, '자산의 불평등'을 문제의 근원으로 지목했다.

정책 화두로 던지기 전에 충분한 숙고가 필요했다. 대표실 국장님과 함께 기본자산에 대해 공부했다. 여러 교수의 논문을 읽고 각각 어떤 면이 다른지, 어떤 특징이 있는지, 문제는 없는지 파악했다. 분량 자체도 만만치 않았을뿐더러 경제용어가 많아 그저 읽는 것 자체만으로도 어려웠다. 읽다 지쳐 누워 잠들기도 하고, 자꾸만 졸음이 쏟아져 같은 문장에 서너 번 밑줄을 긋기도 하며 독파해나갔다.

운명의 날이 다가왔다. 대표님께 보고하는 날. 빽빽한 노트를 지참했다. 떨리는 마음으로 국장님과 내실內室로 향했다. 국장님은 나보고 직접 보고하라고 했다. 대표님께 보고하는 경험을 시켜주려 한 것이다. 보고서를 중심으로 긴히 설명드렸다. 떨리긴 했지만 만족했다. 정책이 어떤 차이가 있는지, 어떤 정책을 만들 수 있는지를 잘 말씀드렸다고 생각했다. 그때 대표님의 질문.

"재원은 어떻게 마련하나?"

재원? 머리가 새하얘졌다. 대답할 수 있는 게 없었다. 어버버, 얼을 탔다. 패닉 상태가 된 나를 대신해 국장님이 입을 열었다.

"A 세입 항목에서 N억을 가져오면 되고, 본 정책이 B 정책과 중복되기 때문에 이 부분을 줄여서 재원을 확보할 수 있을 것 같습니다. 또한 정책이 본격적으로 시행되기까지 N년의 시간이 있기 때문에 점차 재원을 늘려가며 확보해나갈 수 있을 것으로 보입니다."

내가 완전히 놓친 부분이었다. 알았다고 해도 절대로 이만큼 유능하게 답하지는 못했을 것이다.

• • •

한번은 운 좋게 대통령 후보가 함께하는 회의에 배석하는 기회를 얻었다. 코로나 대응 관련 회의였는데, 새롭고 과학적인 방식의 확진자 탐색 방안에 대한 발제가 주를 이뤘던 것으로 기억한다. 모든 발제를 가만히 듣던 후보가 얘기했다.

"돈은 어디서 납니까?"

생각보다 많은 금액. 그렇기에 당연한 질문이었다. 발제자는 아무 답도 하지 못했다. 이에 후보의 눈이 가늘어졌다. 가는 눈빛은 불신을 의미하는 비언어적 표현이다. 결국, 급진적인 방향으로 발표될 예정이었던 정책은 온화한 방향으로 선회했다.

그렇다. 가장 중요한 것은 '재원을 어떻게 마련하느냐'다. 현실에 발붙인 정책을 위해서는 거기에 초점을 맞춰야 했다. 내가 보고한 것은 단순히 학자들의 입장을 요약한 것에 지나지 않았다. 이론을 만드는 것은 학자들이지만 이론을 정책화하는 것은 의원이기에 재원을 어떻게 마련할지, 제도의 맹점은 무엇인지, 구체적 내용은 무엇인지를 파악했어야 했다.

해외에는 해답과도 같은 정책이 많다. 아이를 한 명 낳을 때마다 수천만 원씩 턱턱 준다거나, 대학 등록금을 일시에 탕감해 준다거나, 차를 준다거나 하는 등등. 참신한 정책은 널리고 널렸다. 해외나 국내 사례 중 문제를 해결할 만한 좋은 방안들이 많지만, 모든 것을 차용할 수 없는 이유는 다름 아닌 재원 부족 때문이었다. 실제로 문제를 해결하기 위해 정책을 만들고자 하는 정치인이라면 이 부분에 대한 고민을 절대로 빠뜨려서는 안 된다.

그러나 많은 이들이 이를 간과한다. 그저 '어떻게 하면 되겠지'라고 막연하게 생각하는 경우가 많다. 법안을 만들 때도 얼마의 돈이 들어갈지 전혀 알지 못하는 경우가 적지 않다.

의원실에서는 법안을 제출할 때 재원을 동반하는 일부 법안에 대해서 '비용추계청구서'라는 것을 첨부한다. 흔히 법안을 만들고 나서 예산정책처에 '이 법안에 수반되는 비용을 예상해주세요'라고 요청하는 건데, 문제는 거기에 있다. 전담 조직이 예산 관련 사항을 전문적으로 분석해주는 것은 좋은 일이지만, 그 때문에 의원실은 돈이 얼마나 드는지 대략의 비용도 모른 채 찍어내듯 법안을 만들곤 하는 것이다. 현실에 발이 붙어 있지 않은 약속은 무용하다. 달리 포퓰리즘이 아닌 것이다.

본인이 만드는 정책이 어떤 의미가 있는지, 어떤 내용인지, 사람들의 반박에 대응할 수 있는 논리는 무엇인지 등을 깊이 생각해보는 것에서 더 나아가야 한다. 정말로 정책을 만들고 시행하고 싶은 사람이라면 실현방안에 대한 깊이 있는 연구가 필요하다. 정의를 표방하는 모 정당이 사람들을 미혹하는 정책을 쉽게 내어놓을 수 있는 이유다. 정책들이 자꾸 심사 과정에서 발목이 잡히는 이유를 함께 고민했으면 좋겠다.

뭐니 뭐니 해도 정치의 꽃, 선거

성인이 되어 맞이한 첫 총선. '유세 참관 보고서'를 작성하라는 전공 과제가 떨어졌다. 어쩔 수 없이 우리 지역구에 출마한 여야 후보를 모두 만나야만 했다. 단순히 만나기만 해서 되는 게 아니라 사진을 찍어 만남을 입증해야 했다.

"브이 말고 엄지 해주세요. 이렇게 엄지 척!"

야당 후보와는 브이(V)로 찰칵, 여당 후보와는 엄지 척으로 찰칵. 그때 찍었던 사진을 보면, 채 빠지지 않은 내 볼살에 기대감이 가득 차 있었다. 칠 년이 지난 후에도 기억에 남아 있는 것을 보면 역시나 각별했기 때문이겠지.

선거, 선거, 선거. 여의도 생활은 선거의 연속이다. 이렇게 잦을 줄은 꿈에도 몰랐다. 이렇게 힘들 줄은 더더욱 몰랐고. 이렇게 많은 이들이 선거를 위해 피땀을 흘리는지도, 이렇게 막대한 사회적 비용이 발생하는지도 전혀 몰랐다.

여의도에서 나는 대략 삼 년 만에 총 세 번의 선거를 치렀다. 아니, 전국적인 규모의 선거뿐만 아니라 국회 내의 선거까지 합하면 네 번이다. 한번 치를 때마다 후보들은 사활을 걸고, 돕는 이들의 시간을 저당 잡고, 사무실을 구하고, 현수막을 내걸고, 빵빵한 음악을 동네방네 떠들썩하게 울려댔다. 일 년에 한 번씩 이렇게 대규모의 행사가 치러진다니 불가사의하게 느껴지기도 한다. 한 선거가 끝나면 곧바로 이어지는 또 다른 선거. 선거의 꼬리 물기는 앞으로도 계속되리라.

• • •

친구들이 한창 벚꽃놀이를 다닐 때, 나는 유세차 위에 올라 벚꽃을 스쳐 지나갔다. 가장 먼저 참여했던 선거는 도의원을 뽑는 재보궐선거였다. 청년이 우리 당을 외면하고 있다는 점이 가장 큰 문제였을 때, 공교롭게도 가장 어렸던 나는 갑작스레 지원 지역의 보좌관님에게 걸려온 전화를 받게 되었다.

"유세차 타자."

"네?"

"연설, 해본 적 있지?"

못 들은 척하기엔 이미 늦었다. 움찔해버린 후였으니까. 연설이라…. 내가 했던 모든 연설은 타의에 의한 것이 대부분이었다. 어기적대는데 상사가 옆에서 거들었다.

“잘해요. 예전에 개성공단 닫혔을 때 앞에서 발언도 했어요.”

“(원망의 눈초리) ….”

“그래? 그럼 내일 유세차 타자, 응?”

기대가 잔뜩 담긴 목소리였다. 알고 보니 옆에서 거들었던 상사가 이미 나 대신 물밑 합의를 마친 후였다. 그간의 행적까지 까발려져 ‘부끄러워요. 못해요’ 하고 발뺌하긴 늦었다. 번갯불에 콩 볶아 먹듯 발언을 준비했다. 솜같이 가벼운 내게 기대감이 억수처럼 쏟아졌다. 날이 갈수록 몸과 마음은 천근만근이 되어갔다.

떨리긴 했지만 나름대로 잘해냈다고 생각한다. 캠프장에서 일주일 내내 유세차에 태우려고 했으니 말이다. 선배가 사색이 된 나를 보고는 백방으로 막아주지 않았으면 큰일 날 뻔했다. 기진맥진해서 선거사무실에 퍼져 있는데, 의원님이 깜짝 방문했다.

“회장 출신이라 잘하지?”

“네. 잘한다고 칭찬을 많이 받았습니다. 계속 세울까 봐요.”

“그래? 하하하.”

아직 어려서이겠지만, 또 칭찬엔 속수무책이었다. 모든 것이 미화되기 시작했다. 오는 비를 흠뻑 맞으며 목이 터져라 유세한 건 다시없을 경험이 되었다. 과일 이름을 닮은 마을과 옛 지명이 지금껏 살아 숨 쉬는 소박한 동네 하나하나를 둘러볼 수 있었던 건 이제는 추억이 되었다.

그렇게 아름다운 한 페이지로 남은 만큼 좋은 결과가 있었더라면 금상첨화였을 텐데. 직접 발로 뛴 인생 첫 선거에서 인생 첫 패배를 맛봤다. 결과는 10%p 차이. 쓰라렸다. 당연히 이기리라 생각했었기에 분위기가 말이 아니었다. 모든 것을 쏟아부은 선거였지만, 안 되려면 이렇게나 안 될 수가 있구나 싶었다.

개표가 끝나지도 않았는데 하나둘 자리에서 일어났다. 나도 웃음기를 잃었다. 애쓴 이들이 이렇게나 많은데, 사람들은 보궐선거 후보의 이름이나 제대로 알까. 사소한 일에 웃음이 터지곤 했던 캠프 식구들의 모습이 잊히질 않는다.

• • •

어느덧 살을 에는 강추위가 찾아왔다. 칼바람도 그런 칼바람이 없었다. 곰도, 다람쥐도, 고슴도치도 모두가 잠을 자는 그 시각에 나는 누구보다 일찍 일어나 전국 방방곡곡을 돌아다녀야만 했다. 대통령 선거가 시작된 것이다.

아무리 따뜻하게 입고 핫팩을 두 개씩 주머니에 넣어도 역부족이었다. 손을 집어넣으면 좀 나을 텐데, 그럴 수가 없었다. 왜

냐하면 유세하는 의원님의 모습을 담아내기 위해 끊임없이 셔터를 눌러야 했기 때문이다. 빨개지다 못해 하얗게 터버린 손을, 중간중간 호호 불어가면서 직업정신을 발휘했다.

"저 장갑 두 개 있거든요. 이거 쓰세요."

낯선 이가 내게 장갑을 건넸다. 손엔 나처럼 카메라를 들고 있었고, 목엔 나와 똑같은 공무원증을 걸고 있었다. 보좌진이구나. 극구 사양하고 '사양을 사양하기'를 반복하다가 던지다시피 건네는 바람에 어정쩡 받아버렸다.

"춥죠? 너무 추울 때 강원도를 오셨어요."

"네…. 상상했던 것보다 더 춥네요."

"여긴 주민도 별로 없는 곳인데, 대표단이 와주셔서 힘이 돼요. 참, (장갑은) 아까부터 마음에 걸려서."

"정말 괜찮은데."

"저도 괜찮아요. 진짜 차에 하나 더 있어요."

그의 손도 내 손처럼 새빨갛게 터 있었다. 더 거절하는 것도 예의가 아닌 것 같아 장갑을 꼈다. 그제야 손도 마음도 따뜻해졌다.

행사별, 지역별로 현장의 온도 차가 각양각색이었다. 특히, 우리에겐 대부분의 현장이 혹독했다. 대놓고 윽박지르는 사람도 있고, 우리 후보를 뽑아달라는 웃음에 다른 후보를 뽑겠다는 비릿한 냉소로 답하는 이도 있었다. 눈앞에서 인신공격을 당하고 욕을 들어먹을 때도 있었고, 마치 투명인간처럼 무시하는 이도 있었으며, 얼결에 악수를 받아놓고는 벅벅 손을 닦는 이들도 있었다.

길바닥 민심이 이렇게나 매서울 줄은 몰랐다. 국회 내에서는 '언론이 우리에 대해서는 나쁘게 보도하니까' 혹은 '샤이 진보가 있을 거야'라고 얼렁뚱땅 넘겨짚었는데, 현장 분위기가 정말 안 좋다는 걸 실감했다. 그 여파는 모두를 덮쳤다. 수행을 다녀온 직원들은 매번 지친 모습이었다. 선배들은 승리가 예감되면 몸도 피로하지 않다던데, 승리의 경험이 없는 나는 애석하게도 비교군조차 없었다.

그 추운 날씨를 견뎌내고, 식사도 하는 둥 마는 둥 이동하는 중이면 의원실로 사진을 보내느라 정신없었던 나. 휴대폰 데이터는 왜 매번 부족한 건지, 하나 보내는 데 십 분가량 걸리는 바람에 울컥 치미는 울분을 꾹꾹 눌렀던 나. 수행하지 않는 날에는 팔자에도 없는 영상 편집을 위해 끙끙댔던 나. 그렇게 돌아본 창밖, 어느새가 거멓게 물든 하늘을 보며 자주 멍을 때렸던 나.

물론 꼭 좋은 기억만 아름다운 추억이 되는 건 아니다. 그런 힘든 시간 사이로 서로 간에 오갔던 '장갑의 순간'들이 있었으니까. 꼬박꼬박 전국에서 챙겨 먹는 삼시 세끼가 꿀맛이었으니까. “힘내세요”라는 따뜻한 말 한마디, 따뜻한 핫팩 하나씩 얹어준 사람들이 있었으니까. 그렇게 무사히 겨울을 났다. 아로새겨진 아름다운 추억이다. 힘든 것도 지나고 나면 미화되는 이유는 대체 무엇일까. 되돌아갈 수 없는 청춘을 남기고 왔기에 자꾸 그리워지는 것일지도 모르겠다.

3장

우당탕탕 파란 돔 아래에서

장관님을 못 알아본 막내

우리 방 막내일 때도, 막내가 아닐 때도 나는 언제나 문을 지켰다. 나이가 가장 어려서였을까. 드나드는 사람들에게 무시로 인사해야 하는 위치이자, 의원님과도 가까운 자리였다. 그래서 문고리 1인방이라고 자칭했다. 원래 유력 인사와 가까운 보좌진을 의미하는 말이지만, 내 경우엔 그냥 '문 바로 앞에 있는 사람'이라는 자조적인 의미로 썼다. 스스로 발칙한 별명을 부여하고 나니, 자꾸만 엉덩이를 뗐다 붙였다 해야 하는 비련의 운명도 퍽 유쾌하게 받아들일 수 있었다.

언젠가 회의로 정신이 없을 때였다. 장관님들이 총출동해 타위법(타 상임위에서 넘어온 법안)에 대한 답변을 하는 법안 심사 회의였다. 정회 후 어떤 분이 위원장실을 찾았다.

"김보 어딨어요?"

"(일어나) 약속 잡고 오셨어요?"

"(황당한 표정으로) 김 보좌관 만나는데 약속하고 와야 해요?"

얼이 빠진 나. 제대로 눈을 맞춰보니 익숙한 얼굴이다. 장관님이었다. 그것도 상사와 친분이 있는 장관님.

"아, 죄송합니다!"

허둥대며 급히 안으로 안내했다. 이어 들어간 상사와 장관님이 한동안 웃음꽃을 피웠다. 그렇게 한참 이야기를 나누던 두 분이 나와서는, 나를 보곤 샐쭉 웃었다. 내 얘기를 했단다. 듣기로는 아직도 그 일을 기억한다고! 지면을 빌려서 해명하고 싶다. "저, 장관님 알고 있었습니다."

예상대로 그 에피소드는 회식 자리에서의 '안줏거리'가 됐다.

• • •

실수를 반복하지 말아야 하는데, 되돌아가도 똑같이 행동할 것이라 여겨지는 때가 있다.

목 좋은 곳에 위치한 대표실에는 여러 사람이 찾아왔다. 시간이 붕 뜨는 의원들, 행사가 끝나고 지나가다 들른 이들, 협력관이나 부처 관계자들도 문턱 없이 드나들었다. 자연스레 들어오는 경우는 괜찮았지만, 꼭 문 앞에서 주저하는 이들이 있었다. 낯설기 때문이었는데, 그들에게는 내가 먼저 다가가야 했다. 공적인 일로 드나드는 사람들은 대부분 정장 차림이다. 후줄근한 복장에 배낭을 메고 온 중년 남성이 쭈뼛쭈뼛한다면, 의심할 수밖에 없다. 일에 집중하던 나는 그를 발견하고 이것저것 물었다.

"어떻게 오셨어요?"

"… 대표님 만나러 왔습니다."

"혹시 약속 잡고 오셨나요?"

"…약속은 안 잡고 왔어요."

"성함이 어떻게 되세요?"

"어… 저 이상한 사람 아니고요…."

원래 "도를 믿습니까?"도 이렇게 운을 뗀다. 해명을 시작하면, 원체 더 수상한 법이다. 우물우물 꺼내놓은 이름은 처음 듣는 것이었다. 약속도 안 잡고 온, 이름 모를 이에겐 경계를 풀지 않는 게 맞다. 태세를 보다 높인다. 그렇게 대치 상태로 있는데, 뒤에서 들려온 상사의 목소리.

"의원님!"

'의원이라고?'

국회의원 이름과 얼굴은 웬만큼 다 외웠는데! '대체 누구세요?'라고 묻고 싶은 심정이었다. 목소리가 들린 곳으로 고개를 돌린 그 사람은 알고 보니, 19대 국회의원이었다.

"내가 이상해서 고개를 들었는데, 김 의원님이 우리 방 막내 앞에서 땀을 뻘뻘 흘리고 계신 거야."

예상했겠지만, 그 이야기는 '두 번째 안줏거리'가 됐다.

• • •

나는 실수투성이였다. 실수란 실수를 많이도 해보았다. 얼굴은 자주 홍시가 됐고, 툭 떨어진 고개를 똑바로 들지 못했던 때도 있었다. 혼자 있을 때는 잘하자는 의미로 머리도 많이 쥐어박았고, 멍한 느낌이 들 때면 볼을 톡톡 치면서 정신을 가다듬었다. 항상 내가 못마땅했다. 더 잘해내지 못해서, 자꾸만 덤벙대기만 해서. 나는 나를 만족시키지 못했다. 차라리 나라도 만족하고 넘어가면 좀 나았을 텐데. 자신감이라도 있었더라면 좋았을 텐데.

일기를 쓰는 습관이 있다. 써놓은 일기는 묵힌다. 잘 익을 때까지. 아무 생각 없이 잘 읽을 수 있을 때까지. 나중에 펼쳐보면 꽤 재밌다. 마음이 심심해지면 일기장을 열어 자책과 자학투성이인 글을 읽어본다. 마음이 소용돌이칠 때면 다시 펜을 든다.

일기에는 미숙했던 순간의 내가 많다. 언제쯤 늠름해질까 속상해하던 젊은 내가 있다. 그날의 감정을 고스란히 닮아 글씨도 삐뚤빼뚤한 페이지에는 가끔 댓글을 단다. '너 그땐 그런 생각을 했구나? 잘 견뎠다. 지금은 생각도 안 나. 네 덕이야. 나 이젠 안 그래'라고.

"기운 내. 실수가 대수냐. 이젠 그래도 제법 하잖아."

어렸던 나를 위하여 모든 페이지에 달고 싶었던 '선플'을 슬쩍 '전체공개'해본다.

좋은 사람이 많이 있었습니다

사람이 가진 복 중 제일은 인복人福이라고 믿는다. 재산도, 명예도 죽어 짊어지고 갈 게 아닌데 나의 죽음을 슬퍼해줄 사람이 있다면 성공적인 인생을 살았다고 할 수 있지 않을까.

아직 죽음을 이야기할 나이는 아니지만, 그래도 가끔 죽음을 생각한다. 살아오면서 좋은 사람들을 많이 만났다. 그중에는 그저 흘려보내버린 아쉬운 인연들도 많다. 요즘은 사람을 남기는 방법에 대해 고민한다. 그럴 때 늘 떠오르는 사람들이 있다. 주로 아프던 날에 나를 많이 감싸주었던 사람들이다.

• • •

나는 선배 복이 있다. 우리 의원실의 모든 보좌진은 인턴 출신이었다. 인턴으로 시작해 비서관과 선임비서관을 거쳐, 끝내는 보좌관까지 올라간 사람들이었다. 가장 말단에서 올라온 보좌진들로 의원실의 모든 구성원을 채우는 일은 흔치 않았다.

그래서인지 다들 공유하는 마음가짐이 있는데, 자신의 인턴 시절을 잊지 않으려는 마음 같은 것이다.

내겐 자신들이 인턴 시절 힘들었던 점들을 떠올리며 베풀려는 선배들이 많았다. 복이었다. '나는 좋은 선배가 되려고 결심했어.' 내 앞에서 다짐하듯 연거푸, 연거푸 주기만 했다. 내가 꿈꾸는 것들을 주섬주섬 풀어내면 그 미숙한 이야기를 잘 들어두었다가, 내가 실제로 펼쳐볼 수 있게 다듬어주고 도와준 선배들이었다. 매일 밤 사람들과 만나 관계를 쌓아야 하는 고충에도 불구하고, 지각하는 게 싫어 정시에 출근해 일하다가 점심 때가 되어서야 식사를 거르고 소파에서 쪽잠을 자는 사람들이었다.

자신도 고단할 텐데 늦었다며 후배들을 먼저 들여보내는, 배려를 베풀어준 선배들이었다. 내가 유달리 많은 업무로 힘겨워한 날에는 집까지 데려다주기도 했고, 회식을 하고 나서는 자신이 받은 사랑을 내리 갚는 것뿐이라며 택시비를 쥐여주기도 했다. 선배로서 잘하고 있는지 스스로를 거듭 의심하고 검열하는 사람들이었다.

일의 갈피를 잡지 못해 망연히 창밖만 바라보고 있으면, 내게 필요한 자료를 쉴 새 없이 프린트해서 건네주던 다정한 손길들이 있었다. 그런 배려와 다정함을 나는 지금껏 잊지 못한다.

이유 없는 분노를 표출하지 않던 사람들이었다. 나의 질문 세례에도 한 번을 귀찮아하지 않았고, 내 설익은 의견이 잘못된 이유를 친절히 설명해주곤 했다. 선배들은 사회를 단편적인 모습으로밖에 보지 못하던 내게 긴 호흡으로 바라보는 시각을 가르쳐주었다. 중년의 나이에도 소년의 마음을 잃지 않고 사소한 것에도 눈빛을 반짝이곤 했다.

한 선배가 의원실 밖의 외부인에게 나를 '우리 방에서 가장 사랑받는 친구'라고 소개해주었을 때 나는 기겁하며 손사래를 쳤었다. 그런데 이제는 안다. 내내 과분한 사랑을 받았다는 것을. 선배들이 마음을 내어주었던 순간들을 떠올리면 내 가슴이 뜨거워진다. 내가 선배가 돼서야 알았다. 좋은 선배가 되는 것이 좋은 후배가 되는 것보다 훨씬 어렵다는 것을 말이다.

• • •

내겐 친구 복이 있다. 우연히 처음 만났고, 다신 만나지 못할지도 모른다고 생각했던 친구였다. 국회에서 다시 만나고는 나는 완전히 그녀에게 매료되었다. 우리가 이토록 오랜 친구가 되리라고는 상상하지 못했는데, 우리의 운명은 닮은 구석이 많은지 지금도 비슷한 절차를 밟으며 나아가고 있다. 국회는 동기라는 개념이 없기에 자신의 어려움을 선부르게 털어놓을 상대가 드물다. 그런데도 그녀와 나의 아픔이 닮아 있어서인지 서로의 마음을 자주 나눌 수 있었다. 참으로 소중하고 각별한 인연이라고 나는 생각한다.

사랑이라는 말을 닮은 친구도 있다. 자기도 힘들면서 내게 항상 좋은 말만 들려주려는 친구가 있다. 힘든 와중에도 바뀌지 않는 현실을 더 걱정하는 친구도 있다. 때론 복도에서 때론 사랑재에서 때론 한강에서 우리가 누릴 수 있는 최선의 여유를 함께 누렸던 친구들이 있다.

나의 가능성을 높게 봐주던 사람들도 있다. 나이 차이는 났어도 우리는 친구라는 이름으로 함께했다. 까만 밤이 새벽이 될 때까지 맥주 한 캔을 놓고 이어졌던 대화의 시간들을 잊지 못한다. 부끄러운 내 마음을 열어 충만한 감정으로 채워주었던 친구다. 내가 종종 사로잡히곤 했던 감성에 대해 이성적으로 통찰해주곤 했다.

나의 깊은 고민에 "너는 잘하고 있는 애가 왜 그러냐"고 불같이 화를 내다가도 "아무래도 여름이라 그런 것 같다"며 "휴가를 가면 모두 괜찮아질 것"이라고 엉뚱한 답을 제시하던 사랑스러운 사람도 있다. 처음에는 거부하고 싶었지만, 나중에는 끝내 고개를 끄덕일 수밖에 없었던 좋은 사람이다.

그렇게 좋은 사람들이 많이 있다. 내가 그들에게 바라는 건 하나다. 오래 보는 것. 서로에게 향한 마음을 오래도록 간직하고 싶을 뿐이다.

어쩐지 우쭐해진 마음을 발견했을 때

대다수 의원실의 문은 항상 열려 있다. 대체로 고요하지만, 가끔은 밀물과 썰물의 시기도 있다. 일순 "안녕하십니까" 하며 정장 입은 나이 지긋한 사람들이 우르르 들어서고 나갈 때가 그렇다. 이들은 제일 먼저 안쪽의 보좌관에게로 가서 명함을 건네며 인사한다. 기관장을 필두로 모두가, 누가 봐도 한참 젊어 보이는 보좌진들을 정중하게 대했다.

막내였던 나에게까지는 그들이 오지 않을 거라 생각했다. 그래서 나는 일어난 채 멀겋게 있을 뿐이었다. 한 명씩 인사를 나누던 기관장이 순간 내게로 다가왔다. 똑같이 꾸벅, 인사하고는 명함을 건넸다. 당황했다. 허둥지둥 명함을 꺼내 교환했던 기억이 난다.

협력관부터 기관장까지 나이가 지긋하거나, 최소 중년은 돼 보이는 사람들이 찾아와 우리에게 인사하고 기관의 선물을 건넨다. 더 난감한 것은, 높은 급의 부처 공무원들이 자꾸만 과한 예의를 차린다는 점이다. 그럴 때면 마음이 이상해졌다. 비서관인 나를 자꾸 보좌관님이라 부른다. 한두 번도 아니고. 잘못된 지칭은 사람을 당혹스럽게 만든다. 더 놀라웠던 것은, 나를 뺀 모두가 자연스럽게 받아들이고 있다는 사실이었다.

• • •

패딩을 채 벗지 못한 초봄, 한 친구에게서 기쁜 연락을 받았다. 대학 친구였다. 통일 관련 대외활동에서 만나 서로의 꿈을 나눴던 사이였다.

"나는 정치 쪽에서 일하려고."

"난 사무관이 될 거야."

그랬던 친구가 행정고시 합격 소식을 알려온 것이다. 5급 사무관이 되기까지 기나긴 고독의 시간, 끈질긴 자기 불신과 싸웠을 것이다. 결국은 모든 걸 이겨낸 그가 자랑스러웠다. 합격 이후 오랜만에 연락이 닿았다. 갑자기 걸려온 전화에 두근대는 마음을 좀체 진정시키기 어려웠다. 탕비실에 들어가 긴 대화를 나눴다.

나도 내 소식을 전했다. 친구가 반색했다. "어휴, 보좌관님!" 하더니 이어 하는 말.

"잘 보여야겠다. 우리 국회 가면 맨날 깨지잖아. 보좌관님들이 진짜 높잖아."

놀리는 투가 아니라, 사뭇 진지했다. 그 말을 듣는데 느낌이 이상했다. '잘 보여야 한다, 깨진다, 높다', 이 모든 표현에 전혀 동의하고 싶지 않았다. 하지만 그 단어들은 실제 인식을 그대로 담아내고 있었다.

국회 담장을 넘어 의원실의 갑질은 이미 유명했다. 부처 공무원들에게 강압적으로 자료를 요구하거나 통보한 시간까지 답변이 없으면 모멸감을 주는 이들이 있는가 하면, 해당 자료를 이해하지 못했으면서 윽박지르기에만 능한 이들도 있다. 믿기지 않는 이야기가 돔 일대를 윙윙 돈다. 실제로 의원실 소속이라는 이유만으로 부처 관계자나 협력관뿐만 아니라, 당직자나 타 의원실 사람들에게 무례하게 구는 이들도 있다.

사실 그들의 존중은 의원실이 아니라 의원, 즉 국민의 대표에 대한 예의다. 그걸 알아야 한다.

항간에는 이를 당연하게 여겨야 한다고 보는 시각도 있다. 유하게 굴면, 부처에서도 만만하게 본다고 한다. 직원을 가려가면서 자료의 제출 시기를 조정한다고도 했다.

처음에는 이해가 되지 않았지만, 차츰 알게 됐다. 내가 요구한 자료만 늦게 오면서부터였다. 그러면서 나도 점점 나를 향한 그들의 예의 차림에 초연해진 것 같다. 아니, 그러려고 부단히 애썼다. 적어도 일을 하기 위해서는 나도 동등한 위치에서 행동할 필요가 있었다.

그랬기에 나에게도 위험한 순간이 있었다. 요청한 시간 내에 자료가 오지 않거나, 나의 의도와 다르게 원론적인 수준만 담긴 자료가 왔을 때는 짜증이 치솟기도 했다. 당장이라도 전화해서 따지고 싶었다. "왜 내 자료 안 줘요!"

느슨해진 마음을 발견할 때마다 두 눈을 동그랗게 뜨고 계속 되뇌는 말이 있다. "정신 똑바로 차리자."

예전에 한 병원의 문제가 크게 불거진 적이 있었다. 옳다구나, 보좌진들이 몰아치듯 자료를 요구하며 병원에 대한 맹공을 준비했단다. 그런데 그 병원의 답변에는 요구 자료에 대한 대답이 아닌 다른 게 있었다고 한다. 바로… 그동안 '입원 순서 새치기를 요구한 의원실 목록'이. 믿거나 말거나 한 이야기지만.

연예인병에 걸린 공인들의 이야기를 심심찮게 듣는다. 각자 직업병이 있듯, 정치계에 발을 디딘 사람들이 겪는 병이 있다고 생각한다. 자기가 뭐라도 된 것 같은 병. 자신의 힘이라 여겨지는 모든 것이 국민에게서 온 것임을 기억해야 한다. 국회에 있으므로 우연히 받게 된 수혜를, 심지어는 강탈하기까지 한 이득을 두려워해야 한다. 두려워하자. 제공받는 모든 혜택은 부메랑이 되어 돌아온다는 사실을 기억하자. 모든 것은 카르마가 되어 돌아오는 법이니까.

의원실의 주 기자가 일잘러가 되기까지

한동안 대한민국을 강타한 캐릭터가 있었다. 바로 주현영 기자다. 신입의 어리벙벙한 모습을 누구보다 생생하게 담아내면서 많은 이들의 공감과 공분을 산 캐릭터다. 나 또한 재밌게 봤다. 묘하게 내 모습 같아서 조금 불편했던 것을 제외하면.

어느 날, 갑자기 한 선배가 나를 이상하게 쳐다보았다. 웃는 것 같으면서도 애써 참아내는 표정으로 말이다. 말을 하려다 말고, 하려다 말고, 그냥 또 그 웃음을 참는 묘한 표정만 지을 뿐이었다. 그러더니 결국, 더는 못 참겠는지 한마디를 건넸다.

"주 기자 알아?"

… 그거였구나. 필사적으로 모르는 척했다. 하지만 이미 얼굴에서 티가 났다. 터지기 일보 직전이었다. 더 이상 숨길 수는 없어도 마지막 남은 자존심에 고개를 가로저었다.

"한번 봐. 재밌어. 누구 닮은 것 같아."

올 것이 오고야 말았다. 눈을 질끈 감았다. 동료가 쿡쿡 웃었다. 얼굴이 터질 듯 빨개졌다. 난 '누구'가 누군지 이미 알고 있었다. 맞다. 솔직히 나도 내 모습과 무척 닮았다고 생각했다.

막내라는 직급은 사람을 바보로 만든다. 그 위에 완벽한 상사까지 있다면, 그야말로 더할 나위 없다. 나름 똘똘하다는 이야기도 많이 들었는데, 사무실에선 왜 맨날 멍청이가 되어버리는지. 무엇인가를 보고하려고 상사 앞에 서면 머리가 새하얘진다. 그리고 내 머리보다 앞서가는 말은 자꾸 꼬이기 시작한다. 요점만 말하는 법을 몰라서 매번 알맹이만 쏙 빼고 일장 연설을 늘어놓았다. 나의 말하기는 마치 '하이퍼링크가 있는 문서' 같았다.

다른 이들에 비해 한가하지만 열정만은 넘치는 막내. 체계는 하나도 모른 채 어리벙벙하기만 한 갓 사회인. 떠올려보면 모르는 것은 너무 많은데, 아는 체하느라 버거웠던 것 같다.

나는 말끝을 흐리는 버릇이 있었다. 말도 더듬었다. 나쁜 버릇인 줄 알면서도 그랬다. 듣는 사람 입장에서는 대체 말을 다 한 건지 알 수 없어 했고, 그런 식으로는 상대에게 신뢰를 얻기 어려웠다. 심지어는 업무에 대한 평가에 영향을 미치기도 했다. 꼼꼼히 분석한 문제점, 완벽한 해결책, 이 모든 게 담겨 있는 보고서를 들고 가도 사소한 말버릇 하나가 이상하게 그 보고서의 신뢰성을 결정해버리고 말았다.

하루 정도는 모면하기 쉽다. 면접 때처럼. 거듭된 연습으로 위기를 피했다. 가슴속으로 '말 더듬지 말아야지'라고 인이 박이게 되새겼기 때문이다. 하고 싶은 말은 다 못 해도 꼭 모든 말의 끝은 제대로 마무리 짓겠노라 다짐했었다.

문제는 의원실에 들어가서였다. 자신 있게 쭉쭉 뻗어가는 말투를 쓰면 참 좋을 텐데 그러지 못했다. 생각은 행동을 낳는다고 했던가. 자신감 없는 생각에서 자신감 없는 행동과 말투가 나왔다. 다른 사람보다도 내가 더 그런 나를 싫어했다. 어떤 이는 내게 말했다.

"주원 씨는 생각하는 건 많은데, 그걸 정리해서 말하지 못하는 것 같아요."

핵심을 찔렀다. 자주 횡설수설했다. 보고를 마쳤는데도 상사는 끝난 건지 의아해했고 나 또한 어떻게 마무리 지을지 몰라 엉거주춤 자리로 돌아섰다. 후회로 가득 차 나도 모르게 머리를 쥐어박기도 했다. 정말이지 이런 내가 싫었다. 특단의 대책이 필요했다.

한번은 아예 띄울 운부터 끝말까지 수첩에 쭉 적었다. 직원들의 보고를 귀담아들으며 상사가 주로 질문하는 게 무엇인지를 파악해서 그것까지 적었다. 손글씨로 빼곡한 수첩을 들고, 의

기양양하게 보고를 시작했다. 하고 싶은 말을 글로 쓴 후 냅다 읽은 것이다. 하지만 어찌 된 일이지. 첫 운까진 좋았는데 아뿔싸, 말이 끊기질 않았다. 장황했다. 하고 싶은 이야기가 정리되지 않아서 그랬다.

또 한번은 다이어리에 키워드를 적었다. 하지만 여기에도 맹점은 있었다. 내가 중요하게 생각하는 것과 상사가 중요하게 생각하는 것에 차이가 있었다. 줄줄 늘어놨던 이야기는 상사의 입장에서는 전혀 중요하지 않은 것이었다.

말을 못하는 사람은 다음과 같이 얘기한다.

"요즘 청년들은 돈이 없잖아요. 저도 그래서 집을 못 구하고 있는데요. 요즘 청년들은 집을 못 구하는 반면에 다주택자는 집이 늘어나고 있다고 합니다. 빈익빈 부익부 현상이 심화되는 거죠. 이 부분을 해결해야 한다고 생각합니다. 그래서 제가 뭘 생각했냐면요, 청년주거지원 정책의 일환인데요…."

마치 나의 화법 같다.

그렇게 여러 번의 시행착오 끝에 얻은 결과물이 있다. 첫째, 말해야 하는 것만 남기고 모든 정보를 버리자. 둘째, 용건과 결론을 먼저 말하자. 같은 내용을 바꿔 말하는 연습을 했다.

"이번 청년주거지원 정책 말인데요.(용건) 가용 주택이 있는

다주택자와 미주택 청년을 매칭해주는 것은 어떨까요?(결론) 수요와 공급의 불균형으로 생기는 문제들을 해소해줄 수 있을 겁니다.(이유) 구체적인 안으로는 서울시 거주 청년이….(상세)"

깔끔하다. 훨씬 명확하다. 말 잘하는 몇몇 선배들이 생각난다.

나는 다른 사람들을 지켜보면서 배워야 할 점을 찾아 노력해왔다. 다른 이들의 작업물을 모두 열어보며 분석하고, 내가 더 할 수 있는 건 없는지 고민했다. 직급이 올라가고, 아는 것도 생기고, 이를 바탕으로 응용하는 것도 많아지다 보니 부족한 부분도 점차 메꿔졌다. 바빠지고 나자 중언부언 횡설수설 말하며 일할 시간이 없었다. 효율적으로 일하는 법을 터득하게 된 것이다.

변화가 일어났다. 내가 사회에 첫발을 디뎠을 때부터 막내로서의 미숙한 모습만 봐왔던 직원들이 아니라, 전혀 새로운 조직에서 나를 전혀 모르는 사람들과 일하다 보니 평가가 달라진 걸 느낄 수 있었다. 주특기였던 글 실력을 인정받아 좋은 평을 받게 되었고, 그러니 일하는 데도, 말하는 데도 자신감이 붙었다. 하나를 하더라도 제대로 하게 되었다. 새로운 조직에서 나를 좋게 평가해주자 전에 함께 일했던 사람들도 나를 더 이상 어리숙하게만 보지 않았다.

햇수로 삼 년이 지났다. 이제는 내게 업무적으로 글을 봐달라는 사람들이 생겼다. 일로 만난 사람들은 나의 미숙한 모습을 발견할 때면 오히려, 그런 면이 있었어? 하고 반문한다. 예전과 상반된 반응을 마주할 때마다 그렇게 행복할 수가 없다. 이제는 '못'보다는 '잘'이라는 말이 어울리는 사람이 되었다. 어느샌가.

그러니 확신을 가지고 이야기하고 싶다. 의원실의 주 기자가 이제는 신뢰받는 어엿한 보좌진이 되었다고. 그러니 자꾸만 버벅거리고 있다면 용기를 가지라고. 너무 좌절하지도, 힘들어하지도 말길. 유능한 사람이 될 날이 올 것이다. 반드시. 의원실의 주 기자가 보증하겠다.

살얼음판 걷듯 그렇게 일하세요!

한 후보가 선거법으로 문제가 된 적이 있었다. '상대 후보의 시장 재임 8개월 만에 도시 부채가 5조가량 증가했다'는 웹자보가 문제가 됐는데, 일 년 치를 8개월로 명기한 게 허위사실이라는 것이었다. 허위사실 공표로 기소될 수 있다는 시각도 존재했다. 사견으론 악의적 비방의 목적보다는 팩트 체크 과정에 문제가 있었던 것 같았다. 모니터 너머 실무자들이 식은땀을 흘리는 모습이 상상됐다.

모든 일이 다 그렇겠지만, 우리 일이라는 게 더욱 그렇다. 신중에 신중을 기해야만 한다. 특히, '발행'을 하는 일의 경우엔 더하다. 그 어떤 것이든 엄청난 파급력을 미칠 수가 있으므로.

우리의 일은 여러 가지 법으로 얽혀 있다. 하나의 축사, 의정보고서, 문자메시지를 쓸 때면 선거법 검토를 받아야 한다. 구두가 아니라, 반드시 서면으로 받아서 문제가 없다는 것을 기록으로 남겨야 했다. 내게 그런 임무가 자주 주어졌다. 홍보나 메시지 따위를 '발행'하는 일을 맡았던 내겐 모든 일이 조심스러웠다. 여기엔 여러 가지 이유가 있다.

① 상황에 따른 '정무'적인 이유

갓 한 달을 넘긴 병아리 인턴이었던 나는 블로그를 담당하게 됐다. 코로나가 한창 심각했던 해, 행사 일정 포스팅을 하던 중 '인산인해'라는 표현을 썼다. 그런데 "코로나 때문에 '인산인해'라는 말은 오해를 살 수 있어요"라는 피드백을 받았다. 이런 것까지 조심해야 한다고? 깜짝 놀라 후다닥 그 표현을 삭제했다. 블로그와 관련해 내가 받았던 첫 번째 지적이었다.

이후로 민감한 사안에 대한 언급은 정확한 워딩을 인용하기보다는 좀 톤다운시키는 버릇이 생겼다. 왜 정치인들의 글과 말이 그토록 재미없는지를 몸소 느꼈고, 내가 그 일을 하게 되었다는 것에 약간의 자괴감도 들었다. 쓰는 표현이 몇 가지로 한정될 수밖에 없었다. 나로선 아쉬운 점이었다.

메시지를 쓸 때면 다양한 정무적 이유에 부딪혔다. 예를 들면, 수상에 대한 축하 문구에 넣었던 '밤새 지켜보며 응원했다'는 구절은 '밤새' 지켜봤다는 게 문제가 됐다. 이에 더해 전 국민이 환호했던 순간과 엮어 현재 정치 상황에 대한 이야기를 두 문장 정도 넣었을 때는, '누군가를 축하하는 데 정치 관련 메시지를 쓰는 건 적절치 못하다'며 철퇴를 맞은 적도 있었다. 다른 이의 경사에 은근슬쩍 편승하는 이들이 못나 보였는데, 내가 그렇게 쓰는 사람이 되었다니. 처절히 반성했다.

② 골치 아픈 '선거법'

월간 의정보고서는 의원실의 선거법 복병이었다. 담긴 모든 내용이 '의원의 주체적인 행동'으로 일어난 일이었기에 주어를 의원으로 쓰는 것은 불가피했고, 또 당연했다. 선거법에 위배되지 않도록 매사 조심했건만 선관위에서 부정적 회신이 왔다. 모든 항목이 조목조목 수정 요망 딱지가 붙은 채였다. 내일 당장 발행해야 하는 상황. 결국, 발행을 미루고 전면 수정에 들어갔다.

수정하는 것은 아무 문제가 되지 않았다. 마음 한편에서는 '한 일을 에둘러 표현해야만 한다는 아쉬움'과 '차라리 선거법에 걸리기 전에 발견해서 다행'이라는 생각이 혼재했다. 선거법은 이상한 포인트에서 몸을 사려야 하는 점이 별로였다.

앞서 말했듯 팩트 체크는 가장 최우선되어야 하는 일이었다. 확실한 팩트가 아닌 사항에 대해서는 쓰지 않았다. 사실 언론 기사도 믿을 만한 것이 못 되어서, 기사에 인용된 '1차 자료'를 꼭 찾아낸 후에야 글에 담아내곤 했다. 해외 사례의 경우, 아무리 여러 차례 체크했어도 실제로 현재 운영되고 있는 사항과 다르면 또 다른 문제를 유발할 수 있기에 더욱 주의해야 했다. 여기서 거르고, 저기서 거르고 하며 미디어 리터러시 능력이 자란 것은 덤이었다.

③ 불필요한 논쟁을 낳을 수 있는 일

의원실에서 준비한 포스터가 있었다. 당시 팬데믹으로 인해 힘든 멍에를 지고 있던 자영업자들을 지원하겠다는 내용이었던 것으로 기억한다. 문구도 디자인도 모두 괜찮았다. 딱 하나 빼고. 배경 이미지가 빛을 받아 반짝이며 찰랑대는 강물이었다. 첫 느낌이 어째 싸했다. 하지만 말하지는 않았다. 만약 문제가 있더라도 윗선에서 더 잘 해결하리라 생각했다. 다행스럽게 나만의 생각은 아니었나 보다. 실국장단으로 넘어간 홍보물. 컨펌을 받으려는데, 누군가 지적했다.

"한강물이 연상되는데."

"…."

결국, 전면 수정.

내게도 그런 순간이 있었다. 웹 포스터를 만들 때 이미지 소스 업체에 올라와 있는 일러스트를 받아서 쓰는데, 사람 다섯 명이 나오는 일러스트를 다운 받은 것이 화근이었다. 제작과 컨펌까지 모두 마치고 업로드하기 일보 직전, 한 국장님으로부터 개인 톡이 왔다. 고민하다가 말하는 거라고 했다.

"손 모양이 이상해요."

손 모양! 등에서 땀이 쭉 흘렀다. 한창 특정 손 모양이 혐오 표현이라고 논란이 됐을 때였다. 확인해보니 눈치채기 어려울 정도이긴 했지만, 한 여자의 손 모양이 정말 그랬다. 이미 밥을 먹으러 나온 상황이라 "전혀 몰랐어요. 수정해서 올리겠습니다"라고 말했는데, 아뿔싸, 이미 십오 분 전에 올라가 있는 게 아닌가! 자초지종을 알아보니 다른 비서관님이 미리 올려준 것이었다. 그에게 상황을 말해주고 바로 내려서 사태 발발 직전에 불을 끌 수 있었다.

모든 일이 그렇겠지만, 우리의 일은 자칫하면 공방으로 이어질 여지가 많고, 여러 사람의 마음에 상처를 줄 수도 있어서 더 긴장되기 마련이다. 꼼꼼함이 최고의 미덕이었다. 내 의도가 담기지 않은 부분에서도 문제가 생길 수 있다는 것, 사람들은 그 이면의 과정과 목적을 보지 못할 것이라는 점을 분명히 알아두어야 했다.

"살얼음판 걷듯 해야겠구나."

나름의 재기발랄함이 그렇게 현실 속에서 바래져갔다. 최초의 실험적인 시도들은 대개 선배들이 이제껏 안 한 이유가 있었다. 문득 바닥을 보니 앞서간 발자국이 선명하다. 모두가 비슷한 전철을 밟았으리라. 활어 같은 문장들은 선거법이나 정무적 검토를 만나 '팔딱팔딱한 활기'를 잃어갔다.

상황에 대해 깊이 있는 시각을 갖추고, 국민의 감정을 보다 깊이 헤아려야겠다고 마음에 새겨본다. 기본이 자리 잡히고 나면 그 위에 다시금 생생한 표현을 얹을 수 있을 만큼 실력이 늘지 않을까. 그때는 새로운 창의성을 끌어낼 수도 있겠지, 하고 작게나마 기대해본다.

국회에 들어와서 달라진 것들

내가 이상하다. 요즘 들어 부쩍 이상해졌다. 친구들과 대화할 때면 이야기에 집중하기가 힘들었다. 어느 예쁘고 잘생긴 아이돌, 어제 갔던 카페, 최근 유행한다는 모든 것에 무심해졌다.

그 대신, 영감 얘기로 웃음꽃을 피우는 나를 발견했다. 아 참, 영감은 inspiration이 아닌, 당신이 아는 그 영감令監이 맞다. 한 정치인이 사이가 좋지 않은 다른 정치인에게 악수를 청했다가 무시당하자 어깨를 퍽 치고 가는 영상을 보며 킥킥 웃는다거나, 예능 중에서도 사회를 풍자하는 것만 챙겨본다거나, 정치인의 사생활에 대해 얘기를 하는 등 대화 주제가 백팔십도 달라졌다.

일을 시작하고 나서 내 삶이 생경해졌다고 느낀 포인트는 또 있다. 업아일체. 나는 일이 되고 일은 내가 됐다. 돔 안에서 지내는 시간이 길다 보니 다른 것에 관심 둘 일이 적어졌다.

"우리 이런 걸로 웃는 거, 좀 아닌 것 같지?"

국회에서 친해진 친구와 쓴 표정으로 웃어본다. 그럼에도 이런 대화가 마냥 나쁘지는 않다. 티브이만 틀면 이야깃거리가 우수수 떨어지니까. 그렇게 긍정적으로 생각하기로 했다.

그뿐만 아니라, 국회를 배경으로 삼은 영상물을 볼 때도 집중을 못 하게 됐다. 특히, 국회에 들어와서 보좌관의 생태를 다룬 한 드라마를 보았는데, 각종 위원장실과 대표실의 내부 모습과 운영방식이 현실과는 완전히 달랐다. 상황을 속속들이 아는 나로서는 어쩔 수 없이 자꾸만 신경이 쓰일 수밖에 없었다. 국회를 폭파하는 장면을 담았던 또 다른 드라마에서는 국회의 조경이 누가 봐도 허술해서, '대체 저건 어디서 찍은 거지?' 하고 고개를 갸웃하기도 했다.

드라마를 드라마로, 영화를 영화로 봐야 한다는 거 나도 안다. 다른 사람들은 무심히 넘겼을 그런 장면 하나하나가 신경 쓰여서 혼자 생각하느라 그다음 몇 장면을 통째로 날리기도 했다. 사람들은 아무도 모를 사소한 걸 신경 쓰고 있는 내 모습이 퍽 웃기다.

• • •

"우리 저녁 먹으러 갈 건데, 비서관님, 어떤 거 먹고 싶어요?"

"흠, 삼겹살 먹으러 갈까요?"

“삼겹살 말고는요? 의사당 앞에는 삼겹살 맛집이 없잖아요.”

“그런가요? 사실 제가 맛 구별을 잘 못 해서….”

“맛 구별을요?”

“네. 맛있고 없고를 구별 못 해요. 남들이 맛없다고 해도 다 잘 먹는 편입니다.”

그랬던 내가 변했다. 국회 생활 일 년 반 만에 어떤 집이 맛집인지, 어떤 집 음식이 맛없는지 구별하게 된 것이다. 이건 국회 때문이라기보다는, 직장인이 되고 유일한 낙이 ‘먹는 일’이 되었기 때문일 테다. 점심도 저녁도, 양껏 챙겨 먹어야 하루를 버틸 수 있었으니까.

서여의도에 밀집한 각양각색의 맛집을 거의 다 돌아다녔다. 반찬이 맛있는 집이 진짜 맛집이라는 것을 알게 되었고, 그 많은 음식점이 생겼다 사라지는 서여의도에서 굳건히 자리를 지키고 있는 가게는 그곳만의 장점이 있다는 사실도 알게 되었다. 자연히 노포의 매력을 알게 됐다.

벚꽃 축제 시즌이 되면 주변에서 맛집 자문도 심심찮게 들어온다. 어느새 데이트인지, 가족 단위 식사인지, 프라이빗룸이 필요한지에 따라 맛집을 추려줄 수 있는 국회의사당역 인근 맛집 찾기의 달인이 되었다.

• • •

가장 크게 달라진 것이 있다면, 단연 사람들의 시선일 것이다. 나는 여전히 같은 사람일진대 어디에 몸담고 있는지가 이리도 중요할 줄이야. 단순한 직업일 뿐인데, 그게 나를 대변할 것이라고는 생각지도 못했다.

관심을 받고 싶지 않을 때, 나는 그저 공무원이라는 말로 나의 업을 뭉뚱그리는 버릇이 생겼다. 아직은 내가 익숙해지지 못해서 지금껏 낯간지럽게 느끼는 것인지도 모르겠다.

섧게도 울었던 나의 K에게

사랑하는 나의 K에게

K야, 안녕. 그날따라 유독 날이 쨍쨍했지. 아무 일도 일어나지 않고 이대로 지나가버릴 것만 같은, 평범하기만 한 하루였어. 그래 그날이었지. 휴대폰 속 너의 이름이 떴을 때, 어렴풋이 직감했어. 무언가 일이 벌어졌다고.

그거 아니? 너는 내게 대낮에 전화하는 법이 없었잖아. 직감은 무서워. 틀리는 법이 없거든. 네 전화를 받고서 나는 심장이 무너지는 줄 알았어.

K야, 너는 한참 주저했어. 잠자코 기다리는 내게 너는 힘겹게 사실을 토해냈어. 그저께 밤에 있었던 일 말이야. 그래, 회식 자리에서의 일. 술에 취한 너를 직원이 추행했다고 했지. 어안이 벙벙하더라. 믿기지 않았어. 왜냐하면 그 사람은 취하지 않았었잖아. 사람이라면 어떻게 그럴 수 있지?

K야, 너는 항상 그 사람이 안타깝다고 했어. 일원임에도 자꾸만 배제되는 데서 오는 상실감을 너는 알고 있었잖아. 가여운 K. 네 적절한 공감과 호의의 말에, 그 사람은 추악한 방식으로 답했어. 너는 평소와 다름없이 환대했을 뿐인데. 해사한 얼굴과 마음으로 대했을 뿐인데.

이상했어. 너는 자꾸만 웃더라. 자꾸, 또 자꾸 웃으며 말을 이어갔어. 나는 네 이야기를 듣고 저항 못 하고 울어버렸는데 말이야. 넌 내게 울지 말라고 다정히 말하고는 그랬지. "하하, 별것도 아닌데." K…, 네 웃음은 사람을 내려앉게 해. 나는 그 웃음 뒤에 대체 뭐가 있는지 모르겠어. 너는 종종 울고 싶을 때 웃었잖아.

K야, 그저께 밤이라고 했잖아. 어제는, 어제의 길고 까만 밤은 어떻게 버텼던 거야? 너의 밤은 캄캄한 지옥이었을 텐데. 조금 더 일찍 이야기하지 그랬니. 순간, 우습게도 너를 원망했었다.

사실은 말이야, 내가 네게 무슨 말을 했었는지가 잘 기억나지 않아. 이런 상황에 어떤 말을 건네야 한다고 배운 적이 없었거든. 그때만큼 나 스스로가 바보 같던 순간도 없었을 거야. 널 위로했고 화를 냈어. 그 사람을 내보내야 한다, 있어서는 안 된다고 말이야. 내가 편이 되어주겠다고 했어. 그렇게 한참 화를 내는데, 너는 그러지 말라고 했지. 자기를 위해서 그래달라고 했어.

'피해자'가 되는 것이 싫다고 했어. 사실은 너도 성추행 피해자들을 '피해자'로만 생각했다고 털어놨어. 그런데 너는 사람들에게 여전히, 그리고 앞으로도 그저 'K'이고 싶다고.

내가 달리 어떤 말을 할 수 있었겠니. 나도 모르게 사과의 말이 튀어나왔어. 미안. 미안. 미안해…. 자신이 너무나도 미워서. 그 말밖에는 할 수 없어서. 너는 또다시 그 짧은 순간, 웃고 울고, 다시 웃고 울어버려. 모든 걸 네 탓으로 돌리는 천성에 마디마디가 아렸던 나를 너는 알까. K야, 그렇게 끊긴 전화를 우두커니 붙잡고 있었다는 사실도 넌 모르겠지. 사무실로 돌아갈 용기가 나질 않았어. 이전과 똑같은 나로 지낼 수 있을지…. 정리가 하나도 되지 않았거든. 이를 갈았어. 내가 네게 해줄 수 있는 단 하나는 너와 함께, 너의 옆에 서주는 것뿐이었으니까.

힘들게 보낸 문자에 너는 괜찮다며, 반짝이는 윤슬의 바다를 보내줬어. 참 눈부시더라. 그런데 말이야. 나는 다른 걸 보고 싶었어. 이를테면 바다를 보며 무작정 기뻐하는 너를 말이야. 나는 알았어. 이 순간은 내게 통곡의 기억으로 남겠다고.

K야, 있지, 애쓰지 않아도 돼. 너는 K로서 살아. 내가 너의 변치 않는 증거가 될게. 나는 네 손이 닿는 곳에, 그렇게 항상 있을게. 네 마음을 배반하지 않고, 한결같은 믿음으로 화답할게. 무조건 네 편이 되어줄게.

4장

설익은 고민을 헤집어

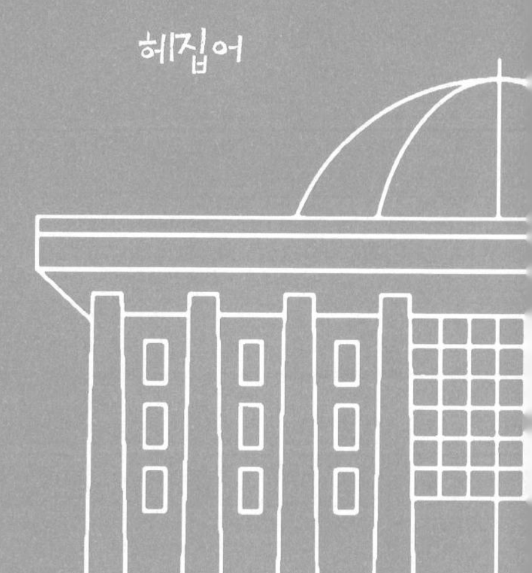

날 자꾸 주저하게 했던 고민들

모든 직장인이 그러하듯 나에게도 고민의 순간이 많았다. 하고 싶은 것은 산더미인데 '하자'보다는 '고민해보자'의 파이가 더 컸다. 내가 할 수 있을지 재면서 번민하는 시간이 길었다. 상사와 의견이 다를 때 난 자주 내 고집을 꺾었다.

고민만 줄곧 하다 보면 결국엔 나가떨어진다. 그래서 다짐했다. '고민의 정도를 정하자.' 그게 인생에 도움이 좀 됐다. 그 고민점을 이 지면에 풀어놓으려 한다. 나의 고민이 누군가에게 참고가 되기를 바라면서.

① 부딪치기 vs 타협하기

의원실에서 나는 주로 홍보를 담당했다. 여러 카드뉴스를 기획해보고, 프레스키트를 만들고, SNS 창구의 전체 아웃라인을 디자인했다. 그러나 며칠 밤을 꼬박 새워 만든 프레스키트는 계류되었고, 여러 홍보물은 컨펌에 컨펌을 거치며 원래의 형체를 잃어갔다. 그즈음 정책 관련 업무도 쏟아져, 나는 더 이상 홍보나 기획하기를 포기해버렸다.

그러다가 의원님이 새로운 당직을 맡게 되었다. 이에 따라 식구도 늘어났다. 대표가 된다는 건 당의 중축으로서 인정받았다는 이야기이고, 미디어에 의원님을 널리 드러낼 기회였다. 놓치기 싫었다. 의원님의 특징을 분석하고, 그에 맞는 전략을 수립했다. 다시 오랜 밤을 새웠다. 안 받아들여지더라도 일단 만들었다.

들어간 내용은 대략 이러했다. '날것의 메시지를 내야 한다', '보좌진과 의원님의 접촉면을 늘려야 한다', '언론의 왜곡을 막기 위해 유튜브도 활용해야 한다', '다양한 SNS를 시작해서 적극적으로 소통해야 한다' 등 열 장 정도의 분량으로 빼곡히 적었다.

보좌관님에게 보여주었다. 까일 때 까이더라도 일단은 부딪쳐보자고 생각했다.

"좋은데요. 회의합시다."

놀랍고 당혹스러웠다. 우리는 회의가 없는 의원실이었기 때문이다. 그런데 내 기획안으로 실장님부터 인턴까지 모두 모여 회의를 한다니. 떨리는 마음으로 회의를 준비했다. 굵직한 이력을 가진 사람들도 속속 들어왔다. 기획안을 바탕으로 이십 분가량 속사포로 발표했다. 모두가 진지하게 들어주었다. 고개를 끄덕이기도 하고 무언가를 적기도 했다.

발표가 끝났는데, 생각보다 반응이 좋았다. 모든 이들이 한마디씩 거들었고 어떻게 하면 더 좋은 소통을 이뤄낼 수 있을지에 대한 활발한 논의가 오갔다. 논의 내용을 메모하는 데만 업무수첩 여덟 페이지가 후다닥 넘어갔다. 우리가 매일 보는 의원님의 진솔한 면모를 세상에 끌어내자는 주장에 공감했고, 또 의미 있는 개선 방안이라는 코멘트도 나왔다. 그간 의원실 홍보의 문제점이라고 생각했던 여러 직급에 걸친 피드백 체계를 철폐해 '제작 – 컨펌'으로 이어지는 짧은 결재 라인을 이끌어내기도 했다. 비단 홍보방안 개선에 그치는 것이 아니라, '기획 일정'에 대한 새로운 물꼬가 트이기도 했다.

어떤 이는 "내가 딱 생각하고 있던 게 다 담겨 있어서 놀랐다"는 평을 해주었다. 이상하게도 안심이 됐다. 그때 알았다. 나 혼자만의 생각이라고 여겼던 것이 사실은 모두가 공감하고 있었던 문제였다는 걸. 이 경험 이후로는 '내 주변의 대부분의 문제가 그렇겠구나' 하고 자신감이 붙었다.

업무를 수행하는 모든 이가 고민하는 문제일 거라고 생각한다. 불화와 화합, 갈등과 배려, 직진과 중단. 내가 국회에서 가장 고민해온 지점이기도 하다. 부딪치면 너무 세게 부딪쳤다고 배제되고, 타협하면 내가 생각하는 것을 이뤄내지 못했다는 생각에 마음이 답답했다.

부딪치기와 타협하기 중 고민이 될 때, 앞으로는 이렇게 해 보려 한다. '내가 납득이 될 때까지 부딪치기.' '반대하는 이들의 증거와 근거를 찾아내 집요하게 매달리기.' 필요한 순간, 그 어떤 일이든 빠르고 거뜬하게 해낼 수 있도록 더욱 유능해지기 위해 노력하자 마음먹는다.

② 당연히 할 수 있는 말이지 vs 오지랖 아닐까?

"옥구슬이 또르르르 굴러가는 것 같은 소리." 내 웃음소리에 대한 의원님의 한 줄 평이다. 나는 자주 복도가 떠나가라 웃어대는 푼수였지만, 어쩐지 의원님 앞에만 서면 꿀 먹은 벙어리가 됐다. 의원님 자체가 아닌 '의원'이라는 직함이 주는 권위가 날 조심스럽게 했다. 무언가 의견을 물으면 나는 "허헣" 하고 웃으며 알맹이는 빼고 껍데기만 남는 대답을 했다.

나도 알맹이를 말하고 싶은 날이 많았다. 나에게도 당연히 이해되지 않는 순간이 있었다. 예를 들어 협의 과정에서 우리가 뒤로 물러난 것을 가지고 안팎에서 공격당한 것을 생각하면 아직도 울분이 터진다. 원리원칙을 위해서는 원래부터 그래서는 안 되었던 거고, 이미 했다면 밀고 나가는 힘도 필요하다고 생각했다. 항상 품격 있는 정치를 고민해왔고 우리가 보지 못하는 여러 수를 놓고 선택했던 의원님이었기에 여러 가지를 고려했겠지만, 꼬맹이로서 이해되지 않는 건 어쩔 수 없었다.

가끔 행사가 끝난 뒤에 물을 때가 있다. "오늘 어땠어?" 혹은 어떤 입장 차가 첨예한 정책과 연관되었을 경우에도 묻는다. "여론은 어때?"

그때마다 주저했다. 어떻게 하면 둥글게 말할 수 있을지 먼저 고민했고, 그 안에 제발 알아채주기를 바라며 바늘 굵기 정도의 날카로움을 숨겨두었다. 아마 눈치챌 수 없었을 것이다. 다시 그때로 돌아간다면 똑바로 말할 수 있을까, 가끔 상상해본다.

아마 다시 돌아가도 똑같을 것 같다. 해도 잘하진 못했을 것 같다. 그럼에도 최대한 현실을 묘사할 수 있도록 그 범위를 넓혀갈 수 있지 않을까 하는 생각을 한다. 그런 연습을 지금 하고 있다. 권위에 굴복하지 않는 연습. 지레 무릎 꿇지 않는 연습. 가장 먼저 권위가 있다고 판단되는 이들과 '눈을 제대로 맞추는' 연습.

③ 생각이 다른 이와 함께해야 할 때

"의원님이 본인 생각과 다른 걸 시키면 어떻게 할 거예요?"

이런 질문을 면접 때 받았다. 나는 이렇게 대답했다.

"한 번은 아니라고 말씀드리겠습니다. 그런 후에도 갈등이 있다면, 제가 옳다고 생각하는 것에 대한 자료와 제반 준비를 철저히 한 뒤에 다시 말씀드리겠습니다. 그런 뒤에도 생각이 다르면, 불법적인 일이 아니라는 전제하에 의원님의 의견을 따르겠습니다. 저는 보좌진이지, 의원이 아니기 때문입니다."

지금도 그 생각에는 변함이 없다. 바뀐 점이 하나 있다면, '애초에 내가 추구하는 이념, 가치와 같은 결을 가진 의원과 함께해야 한다'라는 것이다. 직업 보좌진으로서는 '누구 하나 걸려라'식의 도전이 불가피한 면도 있지만, 가능하다면 나의 가치를 또렷하게 정해서 그에 맞는 의원과 함께해야겠다는 생각이 든다. 물론, 모든 의견이 백 퍼센트 일치하는 의원은 없을지도 모른다. 그러나 일치하는 부분은 적극적으로 서포트하고, 의원과 생각의 교집합을 늘리면서 적극적으로 의견을 제안해 흐름을 만들어가면 어떨까.

다수의 정치인을 보면서 느껴왔다. 의원들은 자신의 직능단체와 사회적 수준을 어느 정도 대변한다. 간호사 출신은 간호사 법안을, 의사 출신은 의사 법안을, 법조인 출신은 법조계 법안에 집중한다. 그 외의 일에 대해서는 보좌진이 법률을 내자는 대로, 혹은 들어오는 행사와 일정대로, 혹은 인맥에 휩쓸려 마구잡이로 함께하는 경우가 많다.

'그 외의 일.' 사회를 바꾸려는 꿈이 있는 보좌진이라면 거기에 초점을 맞춰보는 건 어떨까. 자신의 가치와 맞는 부분을 서서히 늘려가기. 보좌진은 의원과 '함께 걷는' 사람이기 때문이다. 나 스스로에게 전해보는 이야기다.

나의 가치와 생각, 결심을 믿어주기. 그저 첫발을 떼기. 시도해보고 부딪쳐보기. 그러나 그 속에서 주변과의 조화를 잃지 않기. 무엇보다 초년생으로서의 신선함을 잃지 않기. 새로움으로 남들의 타성을 깨우는 역할을 기꺼이 맡기. 그것을 나의 책무라 여기기. 그거면 됐다.

추진과 조율 사이,
그 묘한 텐션

"갈까 말까 할 때는 가라. 살까 말까 할 때는 사지 마라. 말할까 말까 할 때는 말하지 마라. 줄까 말까 할 때는 줘라. 먹을까 말까 할 때는 먹지 마라."

그럼 할까 말까 할 때는 어떻게 해야 하는 거지? 나도 모르게 인생 내내 그 고민을 곱씹고 또 곱씹었나 보다. 급진적으로 추진하는 것과 조율하는 것 사이에서 어떻게 행동해야 할까? 도대체가 확신할 수가 없다.

• • •

최근 취임한 당 대표가 던진 혁신안이 있었다. 바로 '당원존'. 당의 2층을 당원들에게 개방하겠다는 내용이었다. 문자 행동이 극심하던 때였다. 당원존에 올 만한 사람들은 대부분 당을 위해 만사 제쳐두는 사람들일 거라는 인식이 팽배했다. 예측불허의 상황을 맞닥뜨리고 싶은 사람은 없다. 특히, 직장인이라면 더더욱 그렇다.

그만큼 현실적인 문제가 많았다. 일단 1층에서부터 경찰—보안문—경비원으로 이어지는 경비 체제를 완전히 허물어야 했고, 당원존 외의 다른 층으로 이동하는 돌발상황이 발생할 가능성도 배제할 수 없었다. 어려운 일이었다. 선례가 없었고, 한 치 앞도 예측할 수 없었다.

대표의 약속은 큰 반향을 일으켰다. 설상가상 당과의 조율이 전혀 없이 한 약속이었다. 대표가 바로 언론에 던지리라고 예측하지 못했던 터라 당이 당황했다. 부랴부랴 준비하면서도 내부에선 불만이 터져 나왔던 것으로 기억한다.

나라면 어떻게 했을까 상상해보는 것이 가끔 도움이 된다. 하는 건 좋은데, 어느 정도 언질은 줘야 하는 것 아닌가, 하고 나는 당직자 편을 들었다. 직원의 입장에서 수습하기 힘들 것 같다는 이유에서였다. 그래서 누군가에게 내 '결론'에 대한 동의를 구했던 적이 있다.

"너무한 것 같지 않아요? 당직자들도 직원들인데, 조율하면서 진행해야 하는 거 아니에요?"

가만히 내 이야기를 듣고 있던 그가 나지막이 말했다.

"언제 조율하고 시행하겠어? 조율이 될 것 같아?"

말문이 막혔다. 이곳에 들어오기 전의 나였다면, 그의 말과 토씨 하나 틀리지 않게 대답했을 거란 생각이 들었다. 멍했다. 놀랐다. 나도 모르는 사이, 국민으로서의 당연한 생각을 상실했구나. '여의도의 현실을 안다'는 이유로 자꾸만 혁신의 실현을 부정하는 데 내가 앞장서 온 것은 아닐까.

•••

나는 추진과 조율 사이에서 조율을 택하는 사람이었다. 여러 의견을 두루 듣고 나서 좀 더 나아 보이는 것을 합리적으로 선택하는 편이다. 어떤 판단에 앞서 조율과 화합의 과정을 반드시 거쳐야 한다. 그런데 이런 성향을 지닌 사람은, 확고한 주장을 가진 사람과 만나면 반드시 그에게 지게 된다. 나의 성질이 그 사람의 입장에 찬동하게 되면서 그렇다.

국회에서도 그런 상황과 자주 맞닥뜨리게 됐다. 혁신의 바람이 불 때, 그 한가운데 있었기에 더 그랬다. 지금은 그런 확신을 갖고 있다. 개혁은 칼을 쥐고 하는 행위이기에 무조건 빠르게 밀어붙여야 한다는 생각을 말이다. 안 되면 내가 죽기 때문이다.

그러나 마냥 무조건적인 추진이 가장 옳은 선택이라고 할 순 없다. 뚝심이 아닌 아집일 경우가 그렇다. 내 주장만 고집하다 보면 간혹 먹히는 경우가 있는데, 이거야말로 큰일이다. 아무튼 그렇게 핏대 올려 주장하는 이들이 있다. 자기주장만 죽어라

한다. 그게 정치판의 가장 고질적인 문제가 아닐까 싶다. 서로 자기 말만 하고, 들어주는 사람은 없다는 것.

가장 안타까웠던 것은 '협상'에 임하려는 사람들이 항상 '남의 말은 안 듣고 자기 의견만 주장'하는 사람들을 배려한다는 점이었다. 가장 가까이 있었던 의원님도 그 피해자였다고 생각한다. 안타깝다. 그런 경험이 쌓이고 쌓여서 그런 것일까. 어째 마에스트로는 아무도 맡지 않으려 하고, 불협화음 일색으로 연주하는 이들만 많아진다. 그렇게 되면 조율하는 사람만 힘이 빠진다. 힘만 빠지면 다행이지만 자신의 편도 점차 없어진다. 조율의 역할은 대체 누가 할 것인가? 누가 짊어질 것인가, 그 무게를.

어렵다. 화합의 정치를 하자고 주장하고는 있지만, 현실적으로는 가능하지 않은 것 같아서. 통합의 정치를 하는 사람을 어느 정도 인정해주는 노력은 필요하다고 생각한다. 서로 각자의 주장만 펼치다가는 부정적인 에너지가 나라 전체를 휘감아 돌 것이다.

개와 늑대의 시간

해가 뉘엿뉘엿 넘어갈 무렵, 노을이 지고 모든 것이 붉게 물들었을 때. 나를 향해 다가오는 저기 저 짐승이 '내가 기르던 개인지, 나를 해치러 오는 늑대인지' 구별할 수 없는 시간. 사물이 모두 흐릿해져 적과 아군을 구별할 수 없고, 총을 겨누어야 할 때인지 거둬야 할 때인지 망설여지는 시간. 이때는 선도 악도 붉기만 하다.

국회에서 가장 놀랐던 건 명확한 선도, 악도 없다는 사실이었다. 이곳에 들어오기 전엔 선악의 구분이 명확했다. 지지하는 정당은 선이고, 반대하는 정당은 악이었다. 하지만 점점 그런 건 없다는 걸 알게 되면서 세상을 보는 깊이가 더해졌지만 잃은 것도 있다. 정치를 향한 목적 자체가 용해되는 느낌이 드는 것이다. 그러면 어떻게 되느냐, 어떤 길을 가야 하나 회의마저 든다.

우리는 자기가 진보와 보수 중 어떤 진영을 선택했느냐에 따라 생각도 '입맛대로' 한다. 나도 그랬다. 진영별 정치인 각각에게 편견이 있었다. 보수 정치인이라고 하면 음험하고 생각만 해도 짜증이 차올랐다. 그가 어떤 성격을 지녔는지, 어떤 사람인지는 내세운 '정당' 앞에서 모두 지워졌다.

• • •

누구라고 말하지는 못하겠다. 한 의원이 있었다. 나는 그가 자꾸 몽니를 부리는 모습이 싫었다. 표정을 지을 때의 얼굴 근육도, 말투도, 심지어 목소리마저도 듣기 싫었다. 그는 타 정당에서 '열혈 의원'이라며 당원들의 사랑을 독차지했던 의원과 자주 맞붙었다.

타위법을 심사하는 소위원회 회의 시간이었다. 소위는 언론의 스포트라이트가 없다 보니 일하는 의원과 일하지 않는 의원이 극명하게 차이가 난다.

그런데 비쟁점 법안이 이어지며 모두가 질의하지 않던 그때, 못나게만 보였던 그 의원이 자세를 바로잡고는 발언을 시작했다. 어깨너머 훔쳐본 그의 자료에는 그동안 꼼꼼히 읽고 포스트잇을 붙이고 줄을 그어가며 공부한 흔적이 가득했다. 게다가 아무도 신경 쓰지 않는 민생법안에 대해 누구보다 국민을 위하는 시각에서 발언을 이어가는 것이 아닌가. 소위 진보적이라고 여겨질 법한 수정을 요구하기까지 했다.

반면에 열혈 의원은 웬걸, 휴대폰만 부여잡고 딴청을 피웠다. 그 회의에서 그는 단 한 번도 발언하지 않았다. 언론이 함께한 모든 자리에서는 스포트라이트를 많이 받기 위해 그 어떤 행동도 불사하는 그였다. 착잡했다. 편견이 무너지는 순간 생긴 내적 카오스 앞에서 더 이상 '소속 정당'은 무의미했다.

개와 늑대의 시간이라는 관점에서 보면, 현 대통령의 상징성도 분명하다. 진보 진영일 줄 알았던 그가 보수정당의 대통령이 될 줄이야. 누가 감히 구별해낼 수 있었을까.

어느 시대든 같다. 보수든 진보든 사회의 모든 문제를 '전 정권 탓', '남 탓'으로 돌리기 급급하다. 모두가 양의 탈을 뒤집어쓰고 있으면서 아닌 척하기에 능하다. 입장이 달라질 때마다 주장에 맞는 근거를 취사 선택하는 사람들이 득시글하다. 사실은 그 누구도 '국민 편'은 아니었던 것이다. 우리가 보고 있는 건 개일까, 늑대일까. 진정 사람의 문제일까. '불그스름하게 시야를 가려버리는' 시대의 문제는 아닐까.

여의도 청년과
청년다움에 대하여

요즘 들어 부쩍 청년들의 정치 참여율을 높이자는 이야기가 떠돌더니, 실제로 그 목소리를 신경 쓰는 듯한 분위기가 형성됐다. '여의도 청년'이라고 하던가. 여의도 주변을 맴돌며 정치권에서 일하기를 '호시탐탐' 노리는 청년들을 빗댄 자조적인 표현이다.

개인적으로 나는 '여의도 청년'의 비율이 갈수록 높아지고 있는 것이 우려스럽다. 왜냐고? 껍데기만 청년인 사람들이 늘어나고 있기 때문이다. '정치'가 수단이 아닌 목적이라는 점에서 그들은 나이만 어릴 뿐, 기성 정치인과 같다. 내겐 비슷한 경험이 있다.

• • •

당내 조직의 장을 맡았던 한 친구가 있었다. 개원 이후 오랜만에 연락이 왔다. 국회 근처에서 보자던 그는 이 년 전과는 다른 느낌이었다. 당당한 눈빛, 자신 있는 행동. 이전과는 달라진 모습에 흠칫 놀랐다.

"정치하는 데 돈이 많이 들어요."

그는 식사 내내 그 말만 되풀이했다. 사람들을 나오게 하기 위해 밥을 사고, 술을 사고, 커피를 사느라 그렇다고 했다. 각종 행사에 참여하는 데 드는 교통비도 엄청나다고 푸념했다. 끄덕였다. 정치의 속살을 보는 것 같았는데, 그 때문에 곤란해 보이던 그가 못내 안타까웠던 마음은 끝내 감추었다.

이는 청년의 정당 정치가 어떠한 의미도 주지 못하고 있다는 뜻이자 먹고사니즘이 정치의 필요성을 이겼다는 방증이었다. 아무리 조직을 꾸리고 돈을 써야 하는 일이 정치라지만, 청년 정치는 기성 정치를 너무도 닮아 있다. 안타까웠다. 똑같은 방식의 재현은 같은 결과를 초래할 뿐이다.

• • •

대학 시절 나는 이런저런 활동에 많이도 참여했다. 정당 내 조직 발대식. 정책을 논의하는 기구였기에 내가 그곳에서 어떤 이야기를 할 수 있을지 부푼 꿈을 안고 갔다. 그러나 어리숙한 사람은 나 하나뿐이었다. 모두가 어디서 팠는지, 어디 위원장, 어느 학교 재학 등과 같은 본인의 명함을 전하려고 정치인

앞에 줄을 서서 기다리고 있었다. 사진 한번 찍으려고, 말 한마디 건네려고 아주 혈안이었다. 가끔 회관 복도에서 당시의 청년들을 마주칠 때면 기시감이 든다.

더욱 충격이었던 것은, 그 정당 조직이 발대식 이후로 전혀 활동하지 않았다는 점이다. 어떤 일이라도 맡아서 하고 싶었던 내겐 정말이지 실망스러운 경험이었다. 그리고 분명 유명무실했던 단체임에도 불구하고, 이후 이력서에 활동명을 한 줄 써넣는 경우가 왕왕 있었다는 것이다. 명함을 위한 활동. 그리고 명함을 위해 만들어진 활동을 기재한 '새로운 명함'.

그리던 이상향에 꼭 맞는 곳은, 결국 없었다. 내가 생각하는 청년 정치란 청년에게 어떤 것이 문제가 되는지를 고민하고, 이를 해결할 방법을 찾는 것이었다. 정책을 연구하고, 청년에게 도움이 되는 일을 고민하는 것.

• • •

한 청년 정치인이 유력 정치인의 일정을 계속 따라다니면서 눈도장을 찍었다는 말이 여의도에서 나돈 적이 있었다. 사실 여부를 떠나, 그 말이 청년을 바라보는 시선을 여실히 보여준다고 생각했다. 청년은 어떠해야 할까. 청년이면 청년다워야 할까? 청년다운 게 뭔데. 기성 정치인 같은 건 뭔데. 어리숙해야 할까, 유능해야 할까? 청년이 받아 든 과제가 이토록 복잡하다.

그럼 어떤 청년이 필요한가. 이 질문에는 답을 할 수 있을 것 같다. 자기 자리에서 일한 경험이 있는 청년, 자신의 전문성을 쌓아온 청년, 각종 사회적인 문제를 원외에서 고민하려 했던 청년들이 많아져야 한다고 생각한다. 아울러 당에서 교육받은 청년이 필요하다. 여의도 청년과는 다른 의미다. 당에서 교육받은 청년은 정당 정치에 대한 이해도가 높기에 절실하다.

위의 두 가지 조건이 충돌하지 않느냐고? 그렇기에 청년이 일하면서도 교육받을 수 있는 교육의 장이 필요하다. 두 시 청년, 세 시 청년으로 대변되는 이들 대신, 일곱 시 청년, 여덟 시 청년, 아홉 시 청년이 많아져야 한다(두 시 청년, 세 시 청년은 아무런 사회 경험 없이 정치권을 어슬렁거리는 청년 정치인들을 말하며, 후자는 생업이 있는 청년 정치인들을 가리킨다. 즉 퇴근 후 자신의 생각을 논의하며 발전시키려는 청년을 말한다). 일상 정치의 키는 그곳에 있다.

경찰이었던 국회의원과 소방관이었던 국회의원이 있다. 그들의 공통점이 있다면 사 년이 지나고 불출마 선언을 했다는 것이다. 그들은 정치에 누구보다도 충실했고, 자신들이 바꾸고 싶었던 점도 확고했다. 사람들은 불출마 선언에 대해 대단한 선택을 했다며 박수를 쳤다. 아무튼 이들을 보며 덴마크를 비롯한 여타 유럽의 이상적인 정치 환경이 한국 사회에도 마련되면 좋겠다는 생각을 잠깐 해봤다. 자신의 직업을 가진 채 국회의원도 함께하는 그런 사회가 오기를 바라는 건 시기상조일까.

자당의 유력 정치인들을 비호하고 타당의 정치인들을 비판하는 데 시간을 쓰는 청년들이 있다. 하지만 나는 가치로 불화해야 한다는 생각을 한다. 속칭 '기삿감'이 안 되는 한이 있어도 조금은 느리게 청년다움으로 청년의 문제를 해결해주었으면 좋겠다. 낡지 않은 시각을 견지해주었으면 좋겠다. 하려는 본질을 잊지 않고 관철하려는 철학이 무엇인지를 끊임없이 묻고 구해주었으면 좋겠다.

정치인들이 벌이는 정치질

정치질. 듣기만 해도 진저리 나는 단어다. 보통 이 말은 나쁜 뜻으로 쓰인다. 이 말을 들을 때면 나를 휘감고 벌어졌던 일들이 떠오른다.

학생회장 선거가 끝나고, 원하는 직책을 받지 못한 친구가 돌변했던 적이 있었다. 마음을 줬던 친구였다. 단 한 번도 약속한 적이 없건만, '약속했다'고 우기며 특정 직책을 요구했다. 내가 들어주지 않자 다른 방식으로 영향력을 행사하려 애썼다. A를 B 자리에 앉히라고, 안 그러면 본인이 나가겠다고 골백번 다그쳤다. 나는 A를 위한 다른 계획이 있었고, A 또한 그 자리에 앉기 싫다고 하는 상황이었다.

알고 보니 그 친구가 A에게 '자기가 앉히라고 했다'는 사실은 숨기고 B 자리에 앉힌 나를 욕해온 것이었다. 억울했지만 구차하게 상황을 설명하지 않고 마음에 묻어뒀다. 그게 내가 베풀 수 있는 그를 위한 유일한 아량이었다. 진심은 통하기 마련이라고 믿었지만, 자주 부정당했다. 그런 순간이 많아지면서 부침을 겪기도 했다.

정치질이라는 미명하에 나는 피해자였다. 사내정치, 학내정치. 내가 생각하는 정치는 선을 추구하는 것인데, 정치질은 왜 그렇게 나쁘기만 할까.

사전에서는 정치질을 '자신이 가진 힘을 과시하며 자기 자신 혹은 사적 집단의 이권 획득을 위해 활용하는 행위'라고 정의한다. 카를 슈미트에 따르면 정치는 '적과 동지의 구별'과 '부정적인 승리욕'의 결합이다. 쉽게 말해 편 가르기다. 사회에 만연한 정치질, 그렇다면 정치의 중심부인 국회에서는 어떨까?

정치질의 끝판이 펼쳐진다. 의원과 의원이 만들어가는 정치질은 제법 대상과 양상이 복잡하게 얽히기도 하고, 생각보다 더 감정적이기도 하다. 불행한 건 무엇보다 국민의 삶에 영향을 많이 끼친다는 점이다. 감정이 상했다는 이유로 오늘의 친구가 적이 되기도 하고, 자기가 먼저 등을 돌리기도 한다. 이러한 모든 것은 정책 일반에 지대한 영향을 미칠 수밖에 없다.

흔히 '계파'라고 불리는 '라인'은 일반적으로 알려진 내용보다 훨씬 더 복잡한 양상으로 뻗어 있다. 계파가 큰 혈관이라고 하면, 그 안의 친분 관계는 사실 모세혈관만큼이나 얇고 수많은 갈래로 뻗어 있다. 가끔 '누구누구가 어떤 계파이기에 어떻다'라는 식의 기사를 볼 때마다 이해할 수 없는 이유다.

• • •

인선 발표가 있던 날, 끝까지 잡음이 많았다. 의사를 밝혔다가 갑자기 반대파가 되어버리거나, 너무 강경하거나, 타 정당에 있었거나, 검증되지 않은 청년들까지 시끄러웠다. 아슬아슬했다. 불화하는 사람만 있고 화합하려 드는 사람이 없었다. '쓴소리'를 한다는 이들마다 자기만의 바운더리가 있었다.

정치란 뭘까. 내 편이 아니던 의원을 내 편으로 끌어오고, 내 편이던 의원이 반대파가 되어 떠나가고, 나랑 친하던 이가 갑작스레 나의 정치적 행보를 비판하고, 나를 존경한다던 이가 혼자 뭔가를 오해하고는 회의장에서 화를 낸다. 정치인들도 심리상담 과정을 필수로 거치게 해야 하는 게 아닐까, 하는 생각마저 들 정도다.

믿어주는 정치가 필요하다. 요즘 우리나라에서는 밀어주는 정치를 한다. 유력 정치인에 편승해 '여기여기 붙어라' 놀이를 하는 것 같다. 누구의 라인이네, 넌 우리 편이네 아니네, 하며 사람을 따라가는 정치를 한다. 서로 지향하는 바가 같으면 같은 길을 걷고, 유명세보다 철학을 좇으며, 스스로의 정치관에 따라 모이고 헤어지는 것이 아니다.

이른바 정치 '질'을 하더라도 목적이 선과 맞닿아 있으면 되지 않을까. 본인이 추구하는 이상과 가치에 따라 상대와 친할 수도 멀어질 수도 있는 것이다. 오늘의 적이 내일의 동지가 될 수도 있고, 오늘의 동지가 내일의 적이 될 수도 있다. 그럼에도 주객이 전도되면 안 된다는 생각을 한다.

• • •

오랜 기간 정치에 몸담고 있는 사람이 내게 물었다.

"비서관님은 진짜 친구 있어요?"

"(곰곰이 생각한 후에) 네, 있습니다. 언제나 제 편인 친구들이요."

"그래요? 좋겠다. 나는 없는데."

"…."

"이제는 진짜 친구가 뭔지 잘 모르겠더라고."

그의 얘기가 어찌나 아리던지. 멍하니 바라보자 그는 그저 싱긋 웃어 보였다. 그냥 그때가 생각이 난다.

왜 정치인의 말은 항상 슴슴할까

"그게 말이 됩니까?!"

"이보세요!"

"이보세요? 지금 '이보세요'라고 했습니까?"

뚝, 리모컨을 들어 음소거를 누른다. 휴, 이제야 좀 낫네. 뉴스에서 흘러나오는 정치인들의 이야기가 마치 공해 같다는 생각을 한다. 정치인의 발언은 그저 클릭 유도를 위한 가치가 있을 뿐이고, '가십'이 아닌 발언은 기삿거리조차 되지 못하고 버려진다. 그도 그럴 것이, 정치인들의 말은 세 가지 부정적인 특징이 있다.

거짓이거나, 다른 이를 상처 주거나, 혹은 아무 의미가 없거나.

무언가 말은 많이 하는데, 의미가 없다. 메시지팀에 있을 때도 같은 심정이었다. 무수히 많은 발언과 글이 대체 무슨 의미가 있는가. 내가 쓰는 글이 정말 '국민'을 향한 것이 맞을까? 사실 '국민'이라는 단어는 이미 사어死語가 아닐까?

사람들은 정치인들의 말이 힘이 있다고 한다. 그러나 실상은 전혀 그렇지 않다. 힘은 일부에게만 주어지고 그마저도 단어가 가진, 문장이 가진 독소 때문에 기사가 되어 여러 사람을 상처 준다.

메시지를 쓰면서 고민이 부쩍 늘었다. 어떻게 하면 의미를 담아낼 수 있을까, 어떻게 하면 잘 전할 수 있을까, 어떻게 하면 메시지가 잘리지 않을까(사실은 마지막 이야기가 포인트이다).

많은 사람들이 뉴스를 보면서 답답해한다는 것을 잘 안다. 한다고 하는데 안 지키고, 불의에 대해서는 강하게 말해 힘을 실어주면 좋으련만 좀체 그러는 법이 없다. 어렴풋이 이젠 그 이유를 알 것도 같다. 갑갑함을 벗어던지는 심정으로 풀어보면 이렇다.

① 찬반이 팽팽하게 갈렸기 때문에

가장 흔한 이유는 반대하는 이도 찬성하는 이도 팽팽하게 갈렸기 때문이다. '차별금지법'이 가장 적절한 예시가 아닐까. 진보를 주장하는 정당이라면 응당 찬성해야 마땅한데, 왜 어느 당은 찬성하고 어느 당은 뒷짐만 지고 있을까?

청년층을 비롯해 진보 세력 위주로 형성된 찬성 입장과 동성애를 반대하는 기독교 세력 위주로 형성된 반대 입장이 너무나도 팽팽하다. 정치인 중 누군가가 입장을 발표한다면 물어뜯을 기세로 기다리고 있다. 국민의 지지를 먹고사는 입장에서는 찬성이든 반대이든 많은 용기가 필요하다.

대부분의 정치인은 '정치꾼'이다. 집권을 위해 정치를 한다. 정의당의 한 초선의원도 꿈이 뭐냐는 질문에 '집권'이라고 답했다. 집권이란, '선거에서 승리하는 것'을 말한다. 워낙 찬반 입장이 팽팽하게 대립하고 있을 경우엔 다음 선거를 고려해서 섣부르게 의견을 내지 못하는 경우가 많다. 내심 해야 한다는 마음이 있으면서도 말하지 못하는 경우가 왕왕 있는 것이다. 그렇게 되면 메시지가 심심할 수밖에 없다. 애초에 소금을 칠 수가 없다. 소금통을 들 용기를 누가 내겠는가? 나중엔 아무것도 사 먹지 못하는 빈털터리가 될 텐데.

② 예산 문제와 실현 가능성, 정쟁 요소 등이 복잡하게 얽혀 있기 때문에

예산은 야당보다는 여당의 입장에서 '문제'가 된다. 그렇다. 청와대와의 조율이나 부처와의 가능성 타진 등 한 정책을 메시지로 던지기까지 선행되어야 하는 많은 조율 과정이 있다. 미리 질러놨다가 나중에 기재부나 정부가 슬그머니 발을 빼면 주장한 사람만 머쓱해지는 것이다. 그게 반복되다 보면 메시지의 힘을 잃게 된다.

따라서 어느 정도 본인의 편이 있나 확인하고, 편을 많이 확보하는 작업이 우선되어야 한다. 하여 미리 정책 이해관계자들과 말을 맞춰둔다. 동일한 기조로 가야 말에 힘이 실리고 탄력을 받기 때문이다. 결정적인 순간을 제외하면, 말을 맞추는 기간 동안에는 메시지의 기조가 약해질 수밖에 없다.

③ 발화자의 품위를 고려해야 하기 때문에

의원들은 선수별로 특징이 뚜렷하다. 아마 대체로 느낄 것이다. 초선들은 당원들의 지지로 먹고살고, 국민의 욕받이가 된다. 그리고 다선들은 정책이나 이슈에 대해서 소극적으로 임하는 경우가 많다. 더 이상의 이미지 소모를 막는 것이다.

잘 모르겠다고? 그렇다면 이렇게 해보자. '돌격대장' 하면 떠오르는 인물이 있는가? 떠올려보시라. 아마 대부분은 초선의원일 것이다. 그럼 '점잖다, 품위 있다'를 떠올렸을 때 생각나는 인물은? 아마 대부분 다선의원일 것이다. 이유는 초선의원과 다선의원의 메시지가 다르기 때문이다.

'열정이 있으면 힘이 없다. 힘이 있으면 열정이 없다.' 이게 정치인들의 가장 큰 딜레마인데, 직장생활에서도 통용되는 이야기일 것이다. 초선의원은 열혈, 패기가 있다. 소신껏 말해도 되는 것이다. 그러나 다선의원은 좀 더 먼 스텝을 바라봐야 한다. 그래서 험한 말을 쓸 것도 쓰지 않으려고 조심한다. 최대한 우아하고 품위 있는 단어를 선택하기 위해 고심한다.

④ 말에 자신이 없기 때문에

두 번째와는 결이 다르다. 말은 하고 싶은데 '지킬 자신이 없을 때' 심심하게 말한다. 힘을 빼고 어조를 약하게 가면서 뭉뚱그리는 것이다. 한 정치인이 그랬다.

"정치인들의 '검토해보겠다'는 말은 '안 한다'는 뜻이에요."

얼굴 앞에 대고 안 한다고 말하면 비난에 직면할 게 뻔하기에 에둘러 표현하는 것이다. 정치인이라면 그 어떤 확정적인 말도 던지면 안 된다. 나중에 어떤 족쇄가 되어서 돌아올지 모르기 때문이다. 아주아주 오래전, 자기가 쓴 트위터 글이 지금 주요 인사들에게 어떻게 되돌아오는지를 보라. 확신에 차서 한 이야기들이 어떻게 되돌아오는지. 그럼 답이 나온다. 점점 왜 본인의 말에 힘이 빠지는지. 왜 그럴 수밖에 없는지.

⑤ 숨기고 싶은 것이 있기 때문에

예를 들어보자. 정의를 추구하는 지역구 정치인이 있다고 쳐보자. 예전부터 공들여온 대형 개발사업이 있는데, 땅에서 고대

유물이 발견된 것이다. 원래 같았으면 '유물을 지키자'라고 말해야 했을 사람이다. 그런데 지역주민들이 이 대형 개발을 너무나도 손꼽아 기다리고 있다. 사람들이 그 정치인에게 횃불을 비추며 묻는다. "입장을 밝혀라!"

정치인은 너무나도 고민이 된다. 거시적인 측면에서 봤을 때는 무조건 반대해야 한다. 그런데 자신을 뽑아줄 사람들의 의견을 도무지 거역할 수가 없다.

그럴 땐 이런 방법을 쓰면 된다. 최대한 유물 관련 내용을 축소하고 또 축소하는 거다. '대형 개발을 환영한다'라는 메시지를 전면에 내고 '유물에 대한 보호 조치도 검토해보겠다'라고 한 줄 쓰는 거다. 왜 공인들이 자신의 잘못에 대한 사과문을 심심하게 올리는지 생각해보면 답이 나온다. 한쪽으로 치우친 말을 들으면 어느 부분이 가려졌는지를, 과장된 말을 들으면 어느 부분에서 빠져들었는지를, 거짓말을 들으면 어느 부분이 상식과 괴리되었는지를, 변명을 들으면 어느 부분이 궁색한지 알아내야 한다.

메시지를 쓰는 사람으로서 많은 갈등이 있었다. 어떤 사람이 내 메시지를 두고 공격적이라고 표현한 적이 있다. 열혈 보좌진일 때는 그 말을 오롯이 이해하지 못했지만, 이제는 안다. '정치'라는 것은 단층이 아닌 다층이라는 것을. 고려해야 할 사람과 사항이 겉보기보다 훨씬 많다는 것을. 대체 왜 정치인들이 저렇게 말하는지, 용기 있는 사람이 왜 없는지 궁금해할 이들을 위해 내가 해온 생각들을 풀어보았다.

앞으로 뉴스를 시청할 때 왜 저 사람이 저렇게 말하는지 잘 따져보다 보면 뉴스도, 국회도 좀 더 다층적으로 보일 것이다. 하지만 그럼에도 '어쩔 수 없다'라는 말은 하고 싶지 않다. 개인적으로 메시지의 빈약함과 심심함은 (여러 이유가 있겠지만) 자신이 말하는 분야에서 확고한 소신이 없기에 생기는 문제라고 생각한다. 집권, 그 자체만을 위한 정치에 따른 폐해다. 더더욱 자신의 소신을 가지고, 다상량으로 힘을 길러 더 좋은 정치, 사랑을 실현하는 정치를 보여주었으면 좋겠다.

보좌진의 안온하지 않은 나날들

이 글은 조심스레 공개하는, 직職이 너무나도 불안했던 어느 날의 일기다.

처음으로 연차를 냈다. 회사에 들어와서 처음으로 누려보는 연차다운 연차. 내가 원할 때 자유로이 쉴 수 있다는 건 당연한 권리지만 정말이지 너무 좋다.

사람들이 다 일하러 갔을 때 나만 쉬는 기분이란. 서울숲에 왔는데 사람들이 아무도 없어서 돗자리를 펴놓고 책도 읽고 잠도 잤다. 책을 좀 더 보다가 혼술이 하고 싶어져서 내가 좋아하는 카페를 갔다가, 내부 인테리어 중이라고 해서 다른 가게로 들어갔다.

"주말에는 보통 뭐 해요?"

"대부분 집에 있어요. 그래도 요즘은 조금씩 밖에 나가보려고 해요."

"왜요?"

"집이 절 잡아먹는 것 같아서요."

혼자 있을 때면 항상 고민을 한다. 여럿과 있을 때는 덜한데, 혼자 있을 때는 생각을 주체하지 못하는 편이다. 집 밖에 나오면 덜해지려나 싶었는데 다시 원점이다. 고민의 끝에 꼭 해답이 있는 건 아니지만, 그래도 고민하고 글을 쓴다.

항상 고민이 많은 나. 언제쯤 덜 힘들고 덜 불안할까 싶지만, 이십 대 후반이 되었는데도 여전히 익숙해지지 않은 걸 보면 그냥 앞으로의 인생도 그럴까 싶다. 불안함이 가족은 물론이고 주위 사람들에게 불같이 번져버리는 게 문제라면 문제다.

'저도 이러고 싶지 않은데요, 아마 당신도 이 상황이 되면 이러실걸요?' 하고 마음속으로 항변해보지만 내가 선택한 삶이니 내뱉기는 창피하다.

보좌진의 삶은 언제나 불안하다. 하나의 불안이 끝나면 또 다른 불안이 덮친다. 의원의 의중은 물론, 의원실 직원들의 판단에 따라 목숨줄이 이리저리 움직이는 사람들이니 말해 무엇하겠나.

현재 나는 몇 개월 남은 목숨을 부지하고 있는 중이다. 목을 내어놓고 기다리는 심정이다. 끝나고 나면 커리어도 생기니 다른 의원실에 들어가리라 생각하며 담대한 척하고 있긴 하다. 하지만 이제 정말 시간이 얼마 남지 않아서 긍정적으로만 생각하기도 좀 어려워졌고, 마냥 밝게만 생각하는 것도 좀 아닌 것 같다. 확실한 건 계속 생각만 죽어라 하는 버릇이 조금씩 나아지고 있다는 것이다. 힘들면 무작정 혼자 술을 마시던 내가, 누군가를 붙잡고 마음을 이리저리 풀어 헤집던 내가, 이젠 그럭저럭 참아내니까. 술 대신 걷기를, 말 대신 쓰기를, 불평 대신 웃기를 선택하니까. 이걸 삶에 대한 체념이자 적응이라고 표현하면 적당할까.

단, 남친에게는 예외다. 불안한 마음에 "이래도 안 떠날래? 내가 이렇게 불안한 삶을 살고 있는데도?"라고 푸념하자 한숨과 섞여 나온 "이제 그만 자"라는 대꾸. 그 말이 왜 이렇게 속상한지 모르겠다. 그도 곤혹스럽겠지. 좀 더 담대하게 혼자 설 수 있으면 좋을 텐데, 아직은 사람에 기대고 싶은 못난 마음 때문이다. 삶이 불안해서, 직이 불안해서 사람에게라도 기대고 싶은 못난 마음 때문이다.

오징어를 배송할 때 게를 같이 넣는다고 한다. 안 그러면 제풀에 지쳐서 배송 중간에 죽어버리지만, 게와 같이 있으면 물리지 않기 위해 이리저리 피해 다니느라 죽을 생각도 못 한다고. 어쩌면 내 삶이 게와 같이 배송되는 오징어 같다는 생각이 든다. 만약 게가 없다면 난 벌써 죽어버렸을지 모르겠다. 무료함에 잠겨 죽어버렸을지도 모르겠다.

스트레스는 내 삶과 행복을 좀 더 극대화시키기 위해 존재하는 게 아닐까. 어쩔 수 없이 인생이라는 수조에 풀린 오징어라면, 어쩔 수 없이 죽음이라는 끝을 향해 배송될 오징어라면, 게에게 물리지 않도록 계속 열심히 피해 다니리라. 스트레스는 인생의 당연한 요소니까, 당연하게 받아들이리라.

이렇게 생각하자 마음이 편해졌다. 나는 오징어의 삶을 사는 것이고, 오징어는 오징어의 삶을 살아야지, 다른 삶은 살 수 없는 것이라고 말이다. 거짓말같이 몇 년간 나를 짓누르던 압박이 조금은 덜어져 후련한 느낌이 든다.

유영하듯 살면서도 키판은 놓지 못하는 사람. 내가 생각하는 나의 모습이 그렇다. 그렇다면 이제 유영하는 것 속에서라도 규칙을 정해야겠다. 나를 막아서는 인생의 물줄기를 가르며 헤엄칠 수 있도록.

국민의 행복이 정책 결정의 목적이 된다면

의원들은 으레 여러 연구단체의 직을 맡는다. 자신도, 심지어는 보좌진도 모르는 사이에 회원으로 들어가 있는 경우도 있다. 그래서 나는 그 어떤 세미나도 획기적인 변화를 안겨줄 것이라고 믿지 않는다.

그런데 혜성처럼 등장한 연구단체가 있다. 국민의 행복을 정책 결정의 목적으로 삼겠다고 당차게 포부를 밝힌다. 무슨 뜬구름 잡는 소리인가 했는데, 듣자 하니 꽤 설득력이 있다. 돈보다는 행복과 연관된 모든 지표를 수량화하여 정책 결정에 쓰는 방안을 연구하고자 한단다.

GDP의 대안으로 부탄에서 도입한 국가총행복지수가 있다. 부탄에서는 총행복지수로 정책을 심사하여 지수를 높여주는 것만 실행에 옮긴다고 한다.

설립을 앞두고, 어쩐지 들뜬 기분으로 자료집을 읽어내려갔다. '의원님이 이 연구단체의 회장을 맡는다는 거지?' 가슴이 두근댔다. 발대식 날이 되었고, 예상보다도 더 많은 의원들이 참석했다. 참석 못 한다고 했던 의원들도 많이 와서, 결국 자리가 없을 지경에 이르렀다. 한 의원은 들뜬 얼굴로 말했다.

"저 이런 연구단체 안 믿거든요. 근데 가입하라고 해서 봤더니, 너무 좋은 거 아닙니까? 아주 좋습니다."

내 마음과 꼭 닮은 평이었다. 내게 이 포럼은 여전히 각별하다. 한국 사회를 고치기 위한 구조적이면서도 몹시 이상적인 처방이었기 때문이다. '엄청난 변화가 움트고 있구나!'

• • •

정치계에 발을 들이고 나서 답답했던 적이 한두 번이 아니었다. 어떤 법안을 만들려면 '이 법안이 필요한 근거'가 필요한데, 그 근거는 대체로 모두 수치화되거나 양적으로 뒷받침되는 경우가 많았다. 하지만 내가 대변해야 하는 사람들은 주로 수치로 뒷받침되지 않는 이들이었다. 불평등은 종종 수치가 아니라, 일화로 나타난다. 한 사람의 삶도 그렇다.

이는 진보의 가장 큰 취약점이라고 생각해왔다. 보수는 '수출액이 몇 프로 올랐습니다. 1인당 GDP가 얼마나 올랐습니다'와 같이 수치로 이야기하기 때문에 소구력이 강하다. 그러나 돈이라는 하나의 격렬한 핵심 가치가 있는 보수와는 달리, 진보가 추구하는 가치는 사람마다 정의하는 게 다 다르다. 《정의란 무엇인가》라는 책이 유명해진 이유 또한 정의라는 한 단어를 가지고도 사람마다 생각하는 게 달라 의견이 분분하기 때문일 거라고 생각한다.

진보의 소구력은 민주적 정당성과 민주주의라는 가치에 있다. 민주주의는 권력자에게 힘을 쥐여주지 않고, 도리어 힘을 빼게 한다. 사실 진보는 표를 얻은 이후가 문제라고 생각한다. 잘해냈다는 평을 받기가 어렵다. 정말 나중에야, 시간이 아주 흐른 다음에야 일부 업적들이 남거나 재평가될 뿐이다.

• • •

"국민총행복지수에 따르면, 이 정책은 주민 행복도를 높이기 위해 반드시 실현되어야 합니다!"

어쩔 수 없는 신자유주의 사회 속에서도 '후끈한' 한국 사회를 꿈꾼다. 정치의 목적과 시선이 국민에게 닿아 있다면, 국민의 행복지수를 바라보며 정책을 결정하는 것이 헛되고 말 안 되는 일만은 아닐 테지. 곧 오겠지, 그때가. 그렇게 믿고 싶다.

술자리 평론가들의 제대로 된 평론을 듣고 싶다

술집에 있으면 사람과 삶에 대한 온갖 이야기들을 들을 수 있다. 연애 스토리, 과거 연인과의 추억, 싫어하는 사람에 대한 욕, 미래에 대한 걱정, 가족을 위한 고민, 각종 근심…. 다양한 주제가 테이블을 넘나들며 오간다.

내 경우, 귀동냥하게 되는 주제가 정해져 있다. 사랑하고 증오하는 이야기, 그리고 정치 이야기. 세련되고 힙한 술집이 아닌, 전통적인 술집을 선호하는 이유도 그래서다. 가끔 대낮의 백반집에서 듣게 되는, 거나하게 취한 아저씨들의 정치 평론만 한 반찬도 없다. 자주 훔쳐 들었고, 자주 몰래 웃었다. 우리는 술자리 평론가가 득세한 시대에 산다.

• • •

가슴이 뜨거웠던 대학생 때, 술을 마시며 동기들에게 푸념했던 적이 있었다.

"우리 전공 말이야. 쓸데없는 것 같지 않아? 예를 들면 의학이나 회계, 경제, 법을 전공한다고 하면, 다 감탄하잖아. 전문가 취급을 해주잖아. 그런데 왜 정치를 공부한다고 하면 다들 한마디씩 거들까? 다른 전공자들에게는 '물어보려고' 하면서 왜 우리하고는 '싸우려고' 드는 거냐고?!"

다들 공감한다는 듯 고개를 끄덕끄덕 격하게 흔들었다. 찰랑대는 술잔을 들고 죽상이 된 내가 마지막 카운터펀치를 날렸다.

"진짜 억울한 건 정치학도인 내가 그 사람들을 말로 이겨본 적이 없다는 거야! 맨날 져!"

술 한 잔에 억울함을 털어 넘겼다. 그렇다. 웬만큼 정치에 관심이 많은 사람을 나는 이겨본 적이 없었다. 분하다. 무엇보다 너른 관점을 공부했던 내가, 확고하게 구축된 편파적인 입장을 도무지 이겨낼 수가 없는 것이다.

그런데 국회에서 느꼈다.

'사람들은 정치에 관심이 많은 만큼 관심이 없구나.'

관심이 많은 것 같은 이유는 다음과 같다. '정치'가 '정치인'에 국한되는 한 그렇다. 주된 평론 대상은 '사람'이다. 누가 어쨌다더라, 저쨌다더라 하는 찌라시는 애교다. 검찰이니 판결이니 하는 단어가 나오기 시작하면 빽적지근해진다. 자기가 싫어하는 상대 당 정치인의 약점에 대해서는 박사 수준이다. 귀신

같이 모조리 찾아내 욕을 한다. 욕이 섞이기 시작하면 그때부터는 들불처럼 번진다. 그 불에 자주 데었다.

정치에 관심이 없는 것 같은 이유는 다음과 같다. 첫째, 사람들은 정책에 대한 한 까막눈이 많다. 둘째, 아는 정치인도 한정적이다. 셋째, 정치의 과정에 대해서도 대부분 까막눈이다. 정책에 대해서는 언론의 헤드라인이 제공하는 대로 그냥 받아들인다.

의외로 사람들은 아는 정치인이 별로 없다. 트러블을 일으키거나 중요한 여러 직책을 맡았을 경우에만 안줏거리인 '대중정치인'이 된다. 상임위원장 역임 전까지 내가 모시던 의원님은 두 가지 모두에 해당되지 않았다. 합격 소식을 전했을 때 "어느 의원실이야?"라고 물어보던 사람들도, 나의 대답에 다들 "으응—" 떨떠름하게 반응했다. 누군지 몰라서.

또한 정치의 과정에 대해서도 잘 모른다. 언론의 기사가 국민이 '생각하기를 바라는 대로' 쓰여지면 그대로 소화하는 것이다. 예를 들면, "앞으로 연말정산 뱉어내야… 여당 주도 '근로소득세폭등법' 발의"라는 헤드라인의 기사가 나오면 사람들은 그 법이 지금 당장 시행되는 줄 알지만, 그저 '의원 발의' 단계에 지나지 않는 것이다. 그리고 기자가 마음대로 붙인 법의 이름도 그대로 받아들인다. 기초적인 단계의 오독이 이렇다. 이런 오해가 층층이 쌓인다.

우리는 몇몇 정치인의 가십에 매몰되어 있다. 짜증 나는 주제가 되어버린 정치. 그렇기에 더욱이 대중이 '정치에 대해 알고 싶어 하지 않는데, 조금은 아는' 사람들이 되어버린다. 혐오감이 극심해지는 이유다.

나는 정치가 일종의 '어른용 스포츠' 같다는 생각을 한다. 진보와 보수가 주고받는 핑퐁. 때로 이 핑퐁 게임은 승자도 패자도 없이 너절하기만 하다.

5장

뉴스로 들여다보는 비밀의 숲

기사 속 국회는 진짜 국회가 아닙니다

한번은 내가 모시는 의원님을 겨냥한 악성 기사로 하루가 시작된 적이 있다. 요지는 이랬다. '자신이 약속했던 재산 처분 공약을 지키지 않았다.'

그러나 이는 선후 관계를 완전히 뒤바꾼 기사였다. 시기적으로 한참 전에 이뤄진 일을 마치 공약 이후에 한 것처럼 기사를 쓴 것이다. 정상적인 절차, 문제될 소지가 전혀 없는 일을 뭔가 문제가 단단히 난 양 다뤘다. 기자도 알고 있었다. 사람들의 오독을 의도하고 헤드라인과 기사 전문을 썼다는 걸. 심지어 '단독'까지 붙여 제대로 악성기사를 쓴 것이다. 충분히 사실관계를 파악했을 텐데도! 기자도 편집장도 매체도 이를 묵인했다.

이 기사는 결국 '정정보도 엔딩'을 맞이했다. 하지만 이미 단단히 오해해버린 사람들은? 뜨거운 감자는 이미 다 식어버린 감자가 되어 사람들의 관심 밖의 일이 되었는데, 거기에 살짝 '사실이 아니었네요. 정정합니다'라고 코멘트를 남겨봤자 누가 읽겠는가?

내가 당사자였다면 황당하고 억울해서 미쳐버렸을 것이다. 이런 경우가 너무도 많았다. 아마 이런 일들이 쌓이고 쌓여 국민과 국회 사이의 신뢰가 루비콘강을 건너버린 것이 아닐까, 합리적 추론을 해본다.

기사를 볼 때마다 감탄하게 되는 순간이 있다. 대체로 다음의 몇 가지 사례다.

① 와, 이 사건을 이렇게 썼다고?

언론사와 기자의 독창적인 시각에 감탄하게 될 때다. 한 정치인이 기부한 소식을 두고, 한 매체는 '잘했다'며 긍정적인 영향에 초점을 맞추는가 하면, 한 매체는 '액수가 적다'거나, '지난번에 진보 단체에는 얼마를 기부했던데 이번엔 보수 단체라 그런지 액수가 적다'는 식으로 기사를 썼다. 미리 프레임이 짜인 편향적인 시각으로 보도하는 행태가 만연하다.

② 와, 그건 안 쓰면서 이걸 비판한다고?

팩트를 취사 선택해서 쓸 때다. A와 B가 싸웠다. A도 B도 서로 날 선 말을 주고받았다. 그런데 A와 정파적으로 친한 기자가 A의 발언은 축소해서 보도하고 B의 말만 헤드라인으로 따서 쓰는 식이다. 단편적인 모습만 보여줘 여론을 호도하는 방법이다.

③ 와, 이거랑 그거를 엮는다고?

전혀 상관관계가 없는 독립된 두 사건을 엮어서 부도덕한 일인 양 조명할 때다. 표현해보자면 이런 느낌이다. 저 멀리 산불이 났고, 정치인은 그저 점심을 먹은 건데, "'충격' 전북 산불에도 웃으며 국밥"이라는 기사가 나는 식이다. 물론, 불행의 장면을 유희로 삼거나, 불행에 공감하지 못하거나, 그 사람이 책임자인데 국밥이나 먹고 있었다면 욕먹어 마땅하나, 한 정치인의 일상 속 한순간을 포착하여 욕을 유도하고, 소설을 써내려가는 식의 보도 행태가 종종 있다. 이처럼 기사는 여러 현란한 기술로 국민들의 시각을 마음대로 '설정'한다.

• • •

인터넷에서 공감되는 만화를 본 적이 있다. 당나귀를 타고 가는 두 남녀와 그를 바라보는 사람들의 이야기를 담은 네 컷짜리 만화였다.

두 남녀가 모두 당나귀를 타고 있다. 사람들이 말한다. "둘씩이나 타다니, 말 못하는 짐승이 불쌍하지도 않아?" 그래서 여자가 내린다. 그러니 사람들이 또 말한다. "여자를 걷게 하다니,

매너도 없군!" 이번엔 남자가 내리고 여자가 탄다. "여자만 혼자 타도록 놔두냐?!" 그래서 둘 다 내린다. 그런 그들을 보더니 하는 말. "멍청이들! 당나귀를 그냥 폼으로 데리고 다니는군."

언론과 대중의 모습과 꼭 닮았다.

우리를 오도하는 건 언론뿐만이 아니다. 각종 SNS도 자기들의 의도대로 자막을 달고 효과를 주며 의식을 지배한다. 모르고 하는 것이 아니다. 알고 하는 것이다. 원하는 반응을 끌어내려고 언어를 골라 쓴다. 우리나라가 선진국이라고 말하고 싶다면 선진국으로 보일 법한 근거만 가져오고, 우리나라가 후진국이라 말하고 싶다면 그런 쪽의 근거만 모아서 보여주는 것이다. 사회가 자꾸만 어딘지 부옇게 보이는 이유다.

혹자는 말할지도 모른다. 미디어 리터러시 능력이 필요하다고. 나는 이것 가지고는 안 된다고 생각한다. 한 번 더 들어가야 한다. 우리는 문학 시간에도 필자의 의도대로 글 읽는 법에 익숙했다. 우리가 어떻게 생각하는지보다 어떻게 정해두었는지 찾는 연습을 해왔던 것이다.

독일의 고등학교 1학년 국어 교과서 제1장의 제목은 이렇다고 한다. "올바른 해석은 존재하는가?" 텍스트를 읽을 때, 정답이 없다는 전제하에 자신의 사유를 기르기 위한 교육을 받는다고. 우리에게도 행간을 읽어내는 연습이 필요하겠구나. 모든 교육의 근간이 바로 생각하는 연습이 되어야 한다고 믿는다.

이리저리 흔들리는 사회 속에서 우리는 우리의 뿌리를 단단히 내리고, 줄기를 굳게 틔워가며 살아가는 노력이 필요하다. 우리가 보는 모든 것은 진실이 아닌, 그저 하나의 관점이라는 사실을 잊지 말자.

대체공휴일법 통과, 이 맛에 일합니다

단비 같은 정치 소식이 있었다. 바로 대체공휴일법 통과. 정치가 일상에 도움이 되는 거냐고 묻는 이들에게 그렇다는 걸 체감하게 해준 기쁘고 귀한 소식이었다. 지금부터는 대체공휴일법 통과에 기여한 나의 조그마한 역할에 대해 이야기를 해보려고 한다.

내가 모시던 의원님은 중진이었기에 모두발언을 통해 전한 말 한 마디 한 마디가 이슈가 됐고, 곧 당의 정책으로 추진되었다. 난 그분 밑에서, 그분과 함께하는 좋은 사람들 곁에서 많은 것을 배웠다. 그중 존경하는 A 비서관님이 있었다. 누군가 어떤 정책에 대해 좀 알아봐달라고 하면 본질을 꿰뚫는 해답을 내놓는 그런 사람이었다. 현안에 대해 빠르고 정확하게 흐름을 다 꿰고 있었다. 비서관님을 보며 여러 가지를 배웠다. 내가 이것저것 귀찮게 물어볼 때마다 친절하게 차근차근 설명해주곤 했다.

언젠가 비서관님과 '이 법만은 통과되어야 한다'는 이야기를 나눈 적이 있다. 당시에 나는 만 나이 법안(믿기지 않겠지만 그랬다. 그때 내가 이름 붙인 건 '나이삭제법'이었다)을 우리 당의 브랜드 정책으로 삼아야 한다고 주장했고, 비서관님은 '대체공휴일법'을 통과시켜야 한다고 했다. 당시 행안위에 계류되어 있던 법안을 안타깝게 여긴 것이다.

그런데 웬걸. 다음 상임위 회의에서 의원들이 '해피먼데이법(대체공휴일법)'을 통과시킨다는 이야기가 전해졌다. 얼마나 놀랐던지. 하루 종일 비서관님과 한참 아쉬워했다. "우리 의원님이 언급하고, 또 추진했다면 좋았을 텐데!" 하고 말이다. 그러다 문득 그런 생각이 들었다. '왜 자꾸 아쉬워만 하지? 왜 자꾸 멋진 법안들을 놓치기만 하지?'

더 이상 후회하면 안 되겠다는 생각이 들었다. 그 당시엔 법안의 파급력이 크지 않았기 때문에 계류될 가능성이 있었다. 하지만 충분히 더 큰 이슈몰이를 할 수 있으리라 생각했다. 내가 할 수 있는 유일한 일이 있었다. 바로 사람들에게 내가 공감하는 법안에 대한 이야기를 풀어놓는 것이었다.

그 당시 우리 방에는 잠시 메시지팀 회의에 참여했던 B 비서관님이 있었다. 나는 B 비서관님에게 '해피먼데이법을 대표 메시지로 내달라, 발제할 때 꼭 이야기해달라'고 부탁했다. 그러면서 A 비서관님과 나눴던 이야기들을 전했다. 왜 이 법이 통과되어야 하는지, 여론은 어떤지, 어떤 파급효과가 있을지, 꼭 우리 당 지도부가 입장을 내야 한다는 이야기까지. B 비서관님 역시 "좋은 의견이다. 말해보겠다"고 했다.

결국 해당 메시지를 내는 것으로 결정됐다.

반응이 뜨거웠다. 국민적 지지를 받으며 의원님도 큰 용기와 자신감을 가지고 법안 전반에 신경을 썼다. 강력한 드라이브가 걸렸다. 대표 차원에서 법 처리를 위한 캠페인을 주도적으로 전개하며 지속적이고 일관된 메시지를 냈고, 이해당사자와 비공개로 만나 꾸준한 논의를 거쳤으며, 상임위 내의 진행 과정에도 함께했다. 여러 진통은 있었지만, 결국 해당 법안은 무사히 통과되어 국민에게 휴일을 돌려줄 수 있었다.

그동안 중진의원의 보좌진으로서 정책적 갈망을 모두 충족시키지 못했던 나에게는, 정말 벅찬 경험이었다. 안 된다거나 못 하겠다며 더 이상 주저앉아 있지 않기로 했다. 용기를 얻었다. 막내였지만, 내가 할 수 있는 일을 찾아 연결한 경험이었기에 더 용기백배했다. 국민의 니즈를 파악하고, 그 과정에서 나만의 역할을 포착해 이를 충실히 수행하는 것. 그게 내가 할 일이었다.

아쉬운 것이 있다면 만 나이 법안, 즉 나이삭제법도 더 강력하게 밀어보았으면 어땠을까 하는 것이다. 다른 당에서라도 통과됐기에 망정이지만, 나는 이 법안이 무엇보다 중요하다는 확신이 있었다. 단순히 나이를 낮추는 것 이상으로, 한국 사회에서 중요한 장벽이 되곤 하는 '나이를 따지는 문화'를 형해화할 수 있을 것이라 생각했다. 당시 우리 당의 입장에서 주장되었다면 어땠을까. 제대로 역할을 하지 못했다는 자책이 일었다. 어디까지 말씀을 드렸어야 했던 걸까. 몇 표라도 아쉬운 마당에, 그래도 대표실 직원이라고 자리를 차지하고 있던 내가 할 수 있었던 일은 더 없었을까, 하고.

지금의 자신감과 시각을 지닌 채 그때로 돌아가면 내가 할 수 있는 방법을 더 적극적으로 탐색하고 시도해봤을 텐데. 누군가는 사소하다 치부할 순간이 내게는 잊히지 않는 기억이 된 걸 보면 앞으로도 이때의 마음을 쭉 가지고 살 것 같다. 나약함을 느끼는 초보 보좌진도 자기가 선 자리에서 해낼 수 있는 것이 분명 있었다.

날카로웠던 모든 것이 무뎌지는 곳, 대한민국 상층부

2021년이었을 것이다. 어떤 멋진 회사를 둘러싼 기사가 연일 끊이지 않았다. 11만 퍼센트라는 기적의 수익률을 거두고, 대리에게 퇴직금으로 50억 원을 준 회사다. 산재 명목으로 받은 천문학적인 금액에도 불구하고 어디에서도 그에 관한 기록은 찾아볼 수 없었던, 한 번쯤은 이름을 들어본 사람들이 고문으로 있는, 참으로 멋진 회사가 아닌가!

특히, 한 정부의 비리를 발굴해 정부 인사와 재벌까지 구속시킨 전설의 특검도 이번 비리에 연루되어 있었다. 큰 충격이었다. 대나무같이 강직하다 느껴지기까지 했던 그였다.

① 내가 보는 대한민국의 최상부

현재 대한민국은 심각한 불신병에 걸려 있다. 국민은 대한민국을 믿지 못한다. 그도 그럴 것이, 우리는 하루가 멀다 하고 정치인과 검찰, 그 외 '높으신 분'들의 부패한 이야기를 전해 듣는다. 그들은 전국민적 분노 따위는 신경 쓰지 않는 듯 보일뿐더러 아예 무관하다는 듯 군다.

한창 즐겨봤던 방송 프로그램이 있었다. 궁금증을 불러일으키는 역사적 소재를 통해 이야기를 풀어가는 방송이었다. 수지김 사건, 아웅산 테러 같은 사건들이 '검찰과 경찰의 잘못된 수사와 정치인의 외면과 부정부패로 인해 아직까지 해결되지 않고 있고, 대한민국의 고질적이고 구조적인 문제들이 현재까지 되풀이되고 있다. 그래서 우리는 기억해야만 한다'로 마무리되는 포맷이었다.

② 진짜 상층부는 '이것' 해야 한다

국민들은 '으레' 그래야 한다는 당위성에 희망을 건다. 믿음을 주고, 그 믿음이 배반당해 욕을 하면서 국정을 논한다. 하지만 대한민국의 현실은? '이젠 좀 지겹네'라는 생각이 들 정도로 '그 나쁜 놈들'이 같은 실수를 반복하고 또 반복한다.

국민이 거는 희망의 크기만큼 소명을 가진 이들은 일해야 한다. 대한민국 국회는 항상 날카롭게 칼을 벼려야 한다. 각종 부정부패가 더 이상 일어나지 않게, 쓰레기처럼 냄새가 나는 곳은 없는지, 곪은 곳은 더 없는지 계속해서 감시하고 또 감시해야 한다.

다른 분야의 고위 공직자들도 그렇다. 자기가 공인이라는 점을 깊이 새기고 자신의 행동이 국민을 위해 봉사하는 방향이 맞는지를 끊임없이 점검해야 한다. 사건 사고에 연루된 그 '어른'들도 장래희망란에는 멋있는 직업을 적으면서 '부패한 놈들 때려잡겠다'고 다짐했을 청년이었을 게 분명하다. 그들의 소박한 희망은 어느 지점에서 무너졌을까.

③ 국회의 사소한 곳에서도 뭉개진 모습이 있다

국회가 모든 것의 답이 되진 않는다. 나의 눈은 마치 희한한 렌즈 같아서 내가 경험한 세상의 안 좋은 점만 부각해서 보는 건지도 모르겠다. 하지만 사소한 곳들에서 뭉개진 모습을 많이도 보았다.

조금 소개하자면, 국회는 이상한 공간이다. 국회에는 얼마 전에야 겨우 '층별 분리수거함'과 '음식물 쓰레기통'이 생겼다. 그 전까지 분리수거라는 문화가 없었다. 그저 먹은 것을 비닐봉지째 쓰레기통에 올려놓고 급하게 자리를 뜨는 식이었다. 나는 매번 음식물 쓰레기를 들고 난감해하며 이곳저곳을 전전했다. 그냥 얹어놓으면 된다는 청소 담당 아주머니의 말에 '이건 아닌데' 하고 갸웃거리다가 '쓰레기가 섞이지 않게' 최대한 분리해서 올려둘 뿐이었다.

선물도 많이 받는다. 과자나 빵, 커피, 과일 등 하나씩 들어오는 작은 성의들. 처음엔 '이래도 되나?' 눈을 굴리며 "저는 안 받을게요" 거절하던 마음이, 법에 위반되지 않는다는 말에 가격을 확인하고 의심하는 나로 발전하더니, 이제는 그 경계심조차 풀어져 날 선 각도 세우지 않고 대충 거절하는 내가 됐다. 이런 모습이 당연하니까. 모두의 현주소다. 한 선배의 증언에 따르면, 김영란법 이전에는 기관에서 가져온 선물꾸러미가 산을 이뤘단다.

사소한 곳에서 느끼는 바가 이렇다. 당연했던 것들이 당연하지 않게 되고, 도리어 당연하지 않았던 것들이 당연하다 못해 능숙해지는 신비의 공간. 평범한 직원일 뿐인데도 느끼는 이 '뭉근한 틈새'는, 분명 내 자리가 문에서 멀어지면 멀어질수록 나의 구석구석에 오물을 가득 채우고 내 자아를 부숴버릴지도 모른다. 그래서 나는 내가 느끼는 모든 것들을 여전히 경계하고 있다. 부서지지 않기 위해.

더 높은 자리에 계신 분들은 어떤 기분일까?

의원이나 고위 공직자들의 '뭉개지고 일그러진' 부분이 나는 참 궁금하다. 정의를 부르짖고, 옳은 것을 행하기로 약정하고 들어온 이들이 보는 사회는 어떤 모습일까. 그들의 법원은, 검찰청은, 정부부처는, 그들만을 위해 존재하는 사무실은, 그들이 사는 세상은 대체 어떤 모습일까. 예상컨대, '그들을 봐주는 편의'가 '그들이 봐줘야 할 편의'보다 어마어마하게 넓을 거라는 점이다. 그러면서도 자신들이 받는 이익에는 무감각해서 하나 둘씩 정신과 몸에 침투해 있다가 결정적인 순간에 뇌물로, 특혜로 돌아오겠지. 그것조차 당연하게 여기던 그들은 결국 자신들의 밑동이 다 갉혀나간 것도 눈치채지 못한 채 예기치 못한 손 튕김 한 방에 쓰러질지도 모른다.

안타깝다. 이런 '그들'이, 그리고 대한민국이, 무엇보다 국민이. 구조적인 문제라고 퉁 치면서 허허실실 넘어가야 할지, 고고한 학처럼 모든 것에 벽을 치고 그 구역의 아싸로 살아가야 할지. 신념을 지킨다는 건 큰 파도가 덮치는 위협 속에서 살아남는 것이기도 하겠지만, 어쩌면 작은 비바람을 막아내는 일이기도 하겠구나, 매번 깨닫는다.

칼을 쥔 사람들은 칼이 무뎌지지 않도록 그 방법을 반추해야 한다. 국민들과의 접촉면을 늘리는 것도 하나의 방법이지 않을까. 자꾸만 시민 감정과 괴리되는 것은 '사무실 안에서' 각종 일들을 '처리'하기 때문이다. 사람들의 감정과 삶을 백 퍼센트 헤아리기엔 역부족일 수밖에 없는 일의 특성상, 그럼에도 감성을 잃지 않도록 부단히 노력해야만 한다. 또한 계속해서 자기 자신을 돌아보면서 자신이 품은 칼을 벼리고 몸가짐을 바르게 해야 한다. '당연한 것이 당연하지 않도록' 그 자리에서 변화시킬 수 있는 것에 대해 끊임없이 저항하자. 그리고 어린 시절의 꿈을 버리지 말고 큰 눈덩이가 되도록 굴리고 또 굴리자. 눈덩이가 아직 작을 때, '자신의 작은 당연함'부터 지키면서 성장해가자.

우리는 자신의 소명에 맞는 일을 해야 한다. 반드시. 그 일이 힘들더라도(때론 힘들지 않을지라도), 계속해서 힘주어 살아내야 한다. 지금 선 자리에서 의문을 던지고 그 의문으로 더 많은 이들을 동요하게 해야 한다.

마지막으로, 신념과 가치를 결국 지켜내지 못해 고개를 숙인 그들에게 한마디하고 싶다. 그들은 너무 많이 들었을 상투어겠지만, 그래서 난 그를 찌를 수 없겠지만. "높으신 분들이 그러시면 안 되죠."

이태원 참사와
정언 명령

내일이면 벌써 이태원 참사 한 달째다. 그동안 목울대까지 차오르는 말이 많았지만 아꼈다. 여전히 이태원 사고라고 부르는 이들이 있다. 한 가지 분명한 것은 이 사건이 명백한 참사라는 사실이다. 그리고 지금 이 순간에도 잘못을 부정하고 책임을 회피하는 관련자들도 그 사실을 알고 있을 것이다. 이것이 인재에 의한 '참사'라는 것을.

참사 이후 현장을 찾았다. 추모의 마음을 함께 전하고 싶었다. 많은 사람들이 모여 있었는데, 적막만이 가득했다. 포개어 있는 꽃조차도 다 사이를 띄어놓고 싶었던, 참담했던 그곳. 그런데 그곳엔 여타의 곳과 다른 점이 있었다. 내걸린 현수막의 단어가 달랐다.

사고라고 표기했던 기존 여당의 현수막과는 달리, 현장에는 '참사'라는 표현을 쓴 현수막이 걸려 있었다. 오가는 길에서 봤던 현수막과 확연히 달랐다. 모든 곳에 빠짐없이 '사고'라고 꾯

꿋하게 써온 정당이 아니던가.

그동안 정치권에 몸담으면서 궁금한 점이 있었다. 내게는 '정답'이 없는 경우가 많았다. 진보도, 보수도 '입장'일 뿐이지 '정답'이 아니라고 생각했다. 그러나 때때로 '정답'이 있다고 생각되는 경우도 있었다. 그런데도 오답을 정답이라고 우기는 이들을 볼 때마다 정녕 진실로 그렇게 생각하는 것인지, 아니면 가리고 싶은 실체가 있기에 그러는 것인지 의문이 풀리지 않아 내심 괴로웠다.

이제야 알았다. '감추고 싶었던 거였구나.' 정치적인 판단을 떠나, 이미 모두가 마음 깊이 동일하게 생각하는 것이 있다. 모두가 마음속으로는 이미 '참사'라는 사실을 알고 있다. 그들의 정언 명령이 그렇게 말하고 있다.

정치를 하는 이들에게는 염치라는 것이 존재해야 한다고 믿는다. 그런데 염치가 마비된 이들이 종종 있다. 자주 수치스러워해야 마땅할 정치의 공간에서 말이다.

어떻게 정답이 있는 문제에 오답을 대면서 그게 정답이라 우기고, 그리 떳떳하게 굴 수 있는 것일까. 혐오를 부추겨 사람들을 선동해도 되는 것인가. 어떻게 사실을 지우고 지워진 자리에 불순한 것들을 집어넣음으로써 당신들이 지켜내지 못한 이들에 대하여 그토록 염치없게 굴 수 있는 것인가.

'근조' 리본을 뒤집어 달게 하고, 참사를 사고로 둔갑시키고, 희생자를 사망자로 왜곡하고, 오로지 자기들의 안위를 위해서 희생자들의 가족은 물론 모든 이의 가슴에 피고름이 맺히게 하는 일들을 보며 나는 정말 고통스러웠다.

이 지면을 빌려 아름답고 찬란했던 또래들에게 깊은 추모의 마음을 전한다.

혐오로 정치하는 모든 사람들에게

조지 오웰의 소설《1984》에서는 '이 분 증오'라는 의식이 나온다. 하루에 한 번씩 이 분간, 스크린에 나타난 이의 얼굴을 보고 분노해야 하는 해괴한 의식이다. 결속을 위해 인위적으로 적을 설정하여 편을 가르고, 적개심으로 동력을 얻는 것이다. 이성적인 판단은 사라지고 감정적인 폭력이 채워진다. 나는 어째 이 분 증오가 한국 정치를 쏙 빼닮은 것 같다. 어느샌가 혐오는 한국 정치의 강력한 도구가 되었다.

• • •

재보궐선거를 앞둔 봄. 한 청년 정치인은 반페미니즘을 이른바 '이대남 현상'이라고 칭하며 혐오를 부추겼다. 그간 페미니즘에 반감을 가지고 있던 사람들이 총결집했다. 이들의 지지는 서울시장, 그리고 당대표 당선으로까지 이어졌다. 대선 정국에서는 'ㄹㅇㅋㅋ'(레알큭큭, 온라인상에서 공감할 수 없는 주장을 비꼬는 의미로 사용됨)으로 대표되는 감정적인 비아냥을 앞세웠다. 혐오는 표가 됐고 정치적 근신의 폭을 넓혀주었다.

양상은 더욱 복잡해져 이제는 '장애인 단체의 출근길 시위'와 '화물연대의 파업'을 타깃으로 삼는다. '다수의 불편을 야기하므로 너희의 시위는, 너희의 방법은, 너희는 잘못됐어.' 그의 언어는 분노를 결집시킨다. 남과 여, 장애인과 비장애인, 명문대와 지방대, 대졸과 고졸, 노조와 비노조. 다양한 갈래로 사람과 사람 사이를 갈라낸다.

약자들의 시위와 노동자들의 파업에 대다수 국민들이 분노하는 사회. 이를 정치에 악용하는 사람들. 소수자가 그동안 역사에서 '다수'의 이름으로 어떻게 지워져왔는지, 사람들이 이 말에 얼마나 반응하며 얼마나 효과가 있는지 여실히 보여주는 사례다.

① 가치가 사라지고 혐오가 자리한 시대, 진짜 치졸하지 않나요?

각자도생의 사회. 아니, 각자생존의 사회가 되어버렸다. 진보와 보수의 구분 없이 극단적인 선악 구조만이 존재한다. 외로운 사회다. 고립된 사회다. 혐오는 '재가 나보다 더 사랑받아', '재 때문에 내가 피해를 봐'라는 생각이 기저에 깔려 있기에 일어난다. 정치는 사랑이고 사람을 향해야 한다. 정치의 궁극적인 목적이 그렇다. 사랑과 사람이 지워진 정치는 정치가 아니다.

② 혐오의 정치를 이기기 위해 우리는 어떻게 해야 하는가?

첫째, 우리가 만들어가야 할 세상의 이상향과 로드맵이 있어야 한다.

가치가 사라지고 혐오가 자리한 시대. 다시 가치를 말해야 할 때다. 강력한 공동의 이상을 제시해야 한다. 과거에는 386, 운동권 등으로 대변되는 이들이 주창하는 큰 가치가 있었다. 부정한 권력을 몰아낸다는 기치 아래 모두가 결집했다. 서로를 적대하고 증오만 표출하는 정치 대신 무엇을 하겠다고 얘기하는 정치로 향해야 한다. 그 가치는 혐오를 이길 만큼 강력해야 할 것이다.

둘째, 차별과 폭력에 맞서 연대해야 한다.

한 사람 한 사람의 노력이 절실히 필요하다. 이런저런 기준으로 갈라내는 이분법적인 구분을 넘어, 모든 사람이 존엄하다는 평등의 가치를 회복해야 한다. 자신의 정치적 이득을 위해 소수를 악마화하여 분쟁을 일으키는 정치를 몰아내야 한다. 소통하고 연대해야 한다.

셋째, 정치의 본 목적을 자주 환기하고 바로 세워야 한다.

전장연 지하철 시위에서 인상적이었던 장면이 있었다. 보수

정당의 한 초선의원이 무릎을 꿇은 것이다.

"정치는 이렇게 하면 안 되지 않나요?"

"정치가 제 역할을 하지 못해 죄송합니다."

정치에 대해서 모른다고 했지만, 그는 누구보다 '이상적인 정치인'이었다.

• • •

요즘 정치판엔 세 가지가 실종되어 있다. 철학, 정도 그리고 사람.

철학이 있는 정치가가 없다. 정치를 하고 싶은 사람만 있지, 정치로 무엇을 하려는 사람이 없다. 정치를 기술로 한다. 아무리 선거가 중하다고는 하지만, 목적을 상실한 수단이 그 자체만으로 의미를 지닐 수는 없다.

정도가 없다. 지켜야 할 선이 없다. 밀면서 이동한다. 여기까지, 조금만 더, 조금만 더 가볼까? 꽝! 치킨게임이다. 서로 크게 부딪쳐 상처만 남는 극한의 전진뿐이다. 서로가 자기들의 입장만 중시한다. 갈등 속에서의 조율과 화합이 정치의 미덕이건만, 미덕을 실현하려는 사람은 없고 다들 자신의 주장만 내세운다.

사람이 없다. 정치가 더 이상 사람을 향하지 않는다. 오히려 사람을 혐오하고 공격한다. 극우와 극좌. 서로 정도가 없이 부딪칠 때는 언제고, 또 멀어질 때는 한없이 멀어진다. 진영에 따라 무조건 악마화하거나 절대 선인 것처럼 여기는 것이 우리 사회의 지배적 정서가 됐다.

정치의 전복이 필요하다. 발랄하고 유쾌한 전복이. 심각하게 얼굴을 찌푸리고서는, 상대방의 얼굴에 침을 뱉어서는 나아질 수 없다. 계속해서 나빠지기만 할 것이다. 나는 정치가 유쾌했으면 좋겠다. 철학과 정도 그리고 사람을 되찾았으면 좋겠다. 긍정성을 내포했으면 좋겠다. 슬그머니 미소 짓게 하는 정치, 정말 불가능할까?

사랑이 소식의 전부라면

나와 종이봉투는 상성이 맞다. 가방으로도 모자라 따로 자료를 들고 다녀야 안심이 되기 때문이다. 그런데 비가 오는 날과 종이봉투는 상성이 안 맞다. 따라서 비가 오면 종이봉투를 놓아줘야 한다. 그건 하늘이 알고 내가 알 만큼 당연한 거다.

하필 지참해야 할 물건이 많았던 날, 비까지 주룩주룩 내릴 건 또 뭐람. 순간의 잘못된 판단과 그간의 습관 때문에 나는 바보 같은 행동을 하고 말았다.

일을 마치고 버스정류장으로 향하는 길. 어느샌가 젖어버린 종이봉투의 밑단은 급기야 담긴 물건을 모두 뱉어내고야 말았다. 우산을 바닥에내려놓고 하나하나 물건을 줍는 나의 모습이 어찌나 처량하던지. 우여곡절 끝에 버스정류장에 도착한 나는 떠나려던 버스에 가까스로 올라탔다.

사람들 사이에 끼여서 뒤늦은 물건 정리를 하고 있었다. 애써 한 손에 쥐기 알맞게 정리를 해보아도 한 손에 쥐어질 리가 없다. 머리와 어깻죽지가 푹 젖은 채 막막함에 한숨만 내쉬는데, 누군가 나를 톡톡 쳤다. 유독 나를 안쓰럽게 쳐다보던 한 아주머니였다. 아주머니는 불쑥 손을 내밀었다.

"학생, 이거 써요. 나는 괜찮아."

비닐봉지였다. 새까만 비닐봉지가 아주머니 손에 들려 있었다. 이상하게도 가슴이 두근댔다. 주책맞게 입꼬리가 쭉 올라갔다.

"저어, 괜찮습니다."

"나는 장바구니 있어. 학생한테 필요해 보여."

전혀 괜찮지 않은 표정이 읽혔을 것이다. 안심이 되어 전에 없던 싱그러운 미소를 지었다. 덜컹이는 버스 안에서, 한참이나 타인의 난처함을 살피는 친절함과 배려에 대해 생각했다. 내리기 전에 다시 한번 뒤를 돌아보았다. 아주머니도 내 뒷모습을 보고 있었는지 눈이 마주쳤다. 환한 미소로 다시 감사를 표현했다.

손에 들린 검정 비닐봉지를 바라보며 나는 엉뚱하게도 이런 뉴스가 있다면 어떨까 하고 상상했다.

—'비닐봉지 있길래 줬다.' 버스서 배려 베푼 중년 여성 화제

• • •

그런 상상을 한다.

먼저 사람들에게 제보를 받는다. 오늘 당신의 사랑스러웠던 하루에 대해 이야기해달라고 말이다. 사진도 좋고 영상도 좋고 글뿐이라도 좋겠다. 그렇게 받은 소식을 모두 엮어 뉴스로 내보내는 것이다. 하루 동안 일각에서 누가 어떤 친절을 베풀었는지, 서로 간에 어떤 다정이 오갔는지, 그게 어떤 결과를 낳았는지만 하루 종일 이야기하는 뉴스가 있다면 어떨까.

한 청년이 지하철에서 남의 토사물을 치워 화제가 되었다. 공인들의 기부는 사람들에게 나도 해볼까 하는 마음을 선사한다. 누군가를 향해 증오 섞인 말을 내뱉으며 어떤 말도 들으려 하지 않는 이에게 다가가 그저 안아주었다는 사람의 이야기를 들었다. 그저 안아주는 것만으로도 마음이 사르르 풀려 악을 쓰던 이가 금세 울어버렸다고 했다. 부정적인 소식이 범람하는 시대지만, 그에 못지않게 사람들은 좋은 소식을 갈망하고 있다.

어쩌면 부정성보다는 긍정성이 더 큰 힘이 있을지도 모른다. 긍정의 힘을 갖는 것이 어려움을 이겨내는 단단함이 되어줄지도 모른다. 그런 소식이 가득할 때면, 사랑이 우리가 접하는 소식의 전부라면, 사람들의 마음에 피어오르는 감정이 지금과는 많이 달라지지 않을까.

난처하고 힘들었던 날, 무심코 베푼 배려가, 우연히 받은 배려가 마지막 기분이 되어 하루를 어여쁘게 장식했던 것처럼 말이다. 검은 비닐봉지를 보며 나는 우습게도 그런 생각을 했다.

왜 약자에게
돈을 써야 하냐고 묻는 이에게

정치를 업으로 삼은 이에게 색이 다른 연인은 골칫거리다. 근래의 인연이 그랬다. 그는 나와 여러 부분이 닮았었다. 성격도, 집안도, 스펙도. 비슷한 게 있으면 다른 게 있게 마련인데, 몇 군데에서 차이가 벌어졌다. '금전적 요소'와 거기서 비롯된 '가치관'의 차이. 그는 대기업 정규직 직장인이었고, 나는 언제든 백수가 될 수 있는 별정직 공무원이었다. 버는 돈의 액수도 차이가 났다. 그는 노력과 능력, 이 두 가지 힘만 있으면 어떤 것이든 이겨낼 수 있다고 믿는 능력주의자이기도 했다.

"대한민국은 충분히 잘살잖아. 노력해봤어? 안 해놓고 안 된다고 하는 거 아니고? 네 주변에는 어려운 사람 없잖아."

모든 걸 능력과 노력으로 치환해버리는 까닭에 종종 할 말을 잃었다. 불쑥불쑥 느껴지는 격차가 당혹스러웠다. 매일 그에게 졌다. 우위를 선점한 그가 노력하지 않았다고 이야기하면, 열세에 있는 내가 항변할 수 있는 말이 없었다. 노력하지 않은 자가

'노력했다'고 자신하는 이에게 할 수 있는 말이란 별로 없었으니까.

고로, 실마리를 찾아내려 나의 내력을 들쑤셨다.

• • •

단발머리 중학생 때의 일이다. 커피숍에 가본 경험이 없는 나는 어느 날 아무 준비도 하지 못한 채 갑자기 친구들의 "카페 가자"라는 말에 따라나섰다. 대체 왜 커피숍의 메뉴는 죄다 영어인 걸까. '스윗' 정도만 써줬더라도 알겠는데 말이다. 답답했다. 그래서 "너 뭐 시킬 거야?" 짐짓 자연스러운 척 물었다. 친구들이 능숙하게 주문할 때, 그 메뉴를 따라 시켰다가 난생처음 '진짜 커피'의 쓴맛을 봐야 했다.

직장생활을 시작하면서는 포멀한 느낌의 같은 디자인 옷만 입었다. 마치 짱구처럼. 좋게 말해서 스티브 잡스처럼. 나이가 들고 연차가 쌓여가며 내 방엔 옷장이 하나둘 늘어갔다. 그렇게 점차 코디다운 코디를 할 수 있게 됐다. 옷이 많아지니 여러 개를 매치해 입을 수 있었다. 어느 정도 옷장이 찼을 즈음, 자연히 디자이너 브랜드로 눈길을 돌리게 되었고, 아주 가끔 제대로 옷을 차려입을 때면 사람들의 칭찬을 듣기도 했다.

운전면허를 딸 때도 그랬다. 운전을 한 번도 해본 적 없는 나였지만, 때론 옆좌석에서, 때론 뒷좌석에서 부모님이 운전하는 모습을 지켜보았다. 차량 내부가 어떻게 생겼는지, 어떤 것이 어떤 기능을 하는지 자연스럽게 알게 되었다. 그래서 운전학원 강사가 이러저러한 것을 물었을 때도 어렵지 않게 답을 찾았다. 다시금 강조하자면, 난 그걸 알기 위해 '노력'하지 않았다. 그건 자연히 알게 된 거였다. 경험은 시간을 등에 업고 복리처럼 불어났다.

• • •

왜 약자에게 돈을 써야 하느냐고? 생활 속에서 그들도 모르게 박탈당하는 것이 많으니까. 누군가는 부모에게 손 벌리지 않기 위해 '생활비'를 벌었다고 이야기하지만, 누군가는 부모를 부양하기 위해 '생계비'를 버니까. 부모의 자산으로 당연하게 누려온 생활양식은 우리가 생각지도 못한 부분에서 크고 작은 격차들을 만들어낸다. 작게는 옷을 '깔끔하게 잘' 입는 것의 차이가 인간관계의 격차를 불러오듯 말이다. 면허 하나를 딸 때도 부모가 모는 차에 타보지 못한 사람이라면 배우는 시간이 더 엉금엉금 더딜 것이다. 밥을 굶느냐 마느냐 하는 생존과 직결된 문제부터 수많은 일상의 소소한 영역에 스며들어 있을 그 격차를 대체 어찌 좁혀야 하나.

공부나 직장 같은 큰 부분은 물론이고 나도 모르는 사이에 일상의 사소한 부분에서도 차이가 벌어지고 있었을 것이다. 나의 '전사前史'가 모인 총체가 곧 나의 현재일 텐데, 그런 전사를 쌓아오는 과정에서 불평등한 틈들이 생겨났을 것이다.

삶의 찰나에 불과한 일들도 이렇게 소름 돋을 정도인데, 소외계층으로 살아온 이들은 그동안 얼마나 많은 것에서 크고 작은 박탈감을 느껴왔을까. 부자에게 돈을 쓰면 '투자'라고 하고 가난한 이에게 돈을 쓰면 왜 '비용'이라고 하는지, 정치가 경제성장보다 복지체계를 탄탄히 만드는 데 집중해야 하는 이유가 무엇인지 마음 깊숙이 와닿는다.

6장

뭉근한 틈새의 격차가 벌어지고

잊히는 이들의 피 끓는 소리

보좌진의 직장 경험은 대한민국의 역사와 맞물린다. 뇌리에 남은 이미지가 하나 있는데, 우리나라를 뒤흔들었던 한 사건의 피해자 아버지가 회의장에서 법 통과를 호소하며 울분을 터뜨리던 장면이다. 그는 방호직원에 의해 곧바로 쫓겨났는데, 우람한 직원들에 둘러싸여 울면서 악을 지르던 그의 모습과 절규가 참담하고 슬퍼 이따금 생각이 난다. 점점 멀어지던 목소리와 함께 다시금 공기가 차분히 가라앉던 경내의 씁쓸한 풍경까지도.

목소리가 닿아야 할 곳에 닿지 못하는 경우가 있다. 닿아야 마땅한데, 좀처럼 닿지 못한다. 주로 '피해자' 혹은 '피해자 가족들'의 목소리다. 그런 일을 많이 봐왔다. 약자에게 귀 기울이지 않는다는 것은 언제나 잔인한 처사다.

나는 국회가 국민의 고통을 해결하는 기관이라고 생각한다. 국회는 너무 많은 '피해'와 얽힌 집단이다. 과잉은 도리어 무감각을 낳는다. 고통에 점차 무뎌지고 무심해진다. 피해자를 모두 만나기보다는 '골라' 만난다. 특유의 서늘함에는 항상성이 있다. 피해자의 눈물로 써내려간 법안들은 자꾸만 계류되고, 관련자들은 애간장 타는 하루하루를 보내야만 한다.

스피드 게이트, 방호원, 집시법. 날것의 목소리가 바로 닿기 어려운 구조적 요인이 너무 많다. 입장 절차부터가 그렇다. 허락을 받아야만 하는 과정의 연속이다. 경찰이 지키고 선 대문에서 1차로 '수상하지 않은 행색'이라는 입장 기준을 충족해야만 한다. 이후 의원실의 확인 절차를 거쳐, 신분증과 방문증을 맞바꿔 들어간다.

간혹 깊은 아픔이 담긴 민원을 가지고 입성에 성공하는 사람도 있다. 의원실의 협조를 얻어 들어오거나, 다른 안건으로 들어와서 모든 의원실을 돌며 민원을 접수하는 케이스다. 하지만 민원이 반복되면, 민원인들과 국회 직원들 모두 지친다. 민원인은 감정 소모로 에너지를 소진하고, 직원들도 자행되는 폭언에 정신적 상해를 입는다. 처음엔 나도 피해자나 민원인에 감정이입을 많이 했다. 하지만 점점 건조한 입장이 되어갔다. 그러지 않으려 해도 그렇게 된다. 안타까운 일이다.

내 집단을 비난하면서도 스스로 아무 일도 할 수 없다고 자괴감에 빠지곤 했다. 그런데 언젠가 누가 이런 말을 했다. "세상이 왜 이 지경이냐고 투덜대기보단 내가 촛불 하나 켜는 게 낫다."

내 삶의 양태가 조금은 바뀌었다. 그래서 내가 그나마 잘할 수 있는 글로, 내 생각을 두서없이 풀어보려고 한다.

•••

지금부터는 자신의 상황을 알려야만 하는 민원인들이 알아두면 좋을 몇 가지 점들을 얘기해보겠다.

자조적이지만 국회에 들어올 수 있는 사람들은 다음과 같다고 생각한다.

'투쟁 조끼'가 아닌 '양복'을 입은 사람들

'모든 걸 빼앗긴' 사람보다는 '하나라도 빼앗기기 싫은' 사람들

'외로운' 사람들보다는 '인맥이 많은' 사람들

'대변자가 없는 약자'보다는 '강자의 대변인'들

'시급한' 사람들보다는 '급할 것 같은' 사람들

국회의 무정함을 감안하는 게 좋다. 나는 피해 입은 이들이 그 피해를 넘어 후속적인 조치가 제대로 이뤄지지 않아 부차적인 고통 속에 삶을 살아가는 게 싫다. 그렇기에 오로지 자신을 위해 보다 효율적으로 민원을 제기해야 한다.

먼저, 의원 선정에 앞서 다음 키워드를 참고하자.

야당, 초선, 비례대표, 국감 스타, 관련 상임위원

의원별 관심 분야 공략하기(여러 뉴스를 참고하여 관심을 가질 만한 의원 찾기)

SNS 구독자/팬이 많은 의원 찾아가기(이슈 파이팅을 할 여력이 많다는 뜻이다)

둘째, 메일이나 우편을 보냈다면 반드시 의원실에 확인 전화를 하자.

세 번 정도는 해도 된다. 확답이 없는 한, 솔직히 그 이상은 에너지 낭비 같다. "검토해보고 연락을 주겠다"는 말에 절대 속지 말자. 참고로 나도 어느 정치인을 섭외해야 했을 때 네 번의 "검토하고 연락 주겠다"는 말에 한 달을 넋 놓고 보냈던 때가 있었다. 그렇기에 그 상황과 마음을 충분히 이해한다.

셋째, 피해 내용을 최대한 많이 수집하고 '정리하여' 공유하자.

피해 내용을 정리 없이 보내는 사람들이 있다. 의원실엔 민원이 쏟아진다. 상상 이상으로 말이다. 해당 내용을 한 장 정도로 요약하는 노력이 꼭 필요하다. 반드시 품을 들여야 한다.

넷째, 언론사, 시민단체, 변호사와 손잡을 수 있다면 반드시 함께하라.

압력을 가하는 데 든든한 힘이 되어줄 것이다. 이들과 함께한다는 사실만으로 피해 상황이 보다 부각되는 경향이 있다.

다섯째, 폭언, 폭행, 협박, 억지는 마음의 문을 걸어 잠근다.

민원인들을 위해서라도 꼭 얘기하고 싶은 항목이다. 좋을 것이 하나도 없다. 비폭력을 전제로 강경한 입장을 취하는 것은 분명 도움이 되지만, 폭력적 요소가 개입하는 순간 그 민원은 받아들여지기 어렵다.

• • •

중학교 3학년 때였던가, 고등학교 1학년 때였던가, 아무튼 컵을 만든 적이 있다. 더 정확하게는 이미 제작된 흰 컵에 자기만의 그림이나 글을 새기는 것이다. 그때 나는 이런 문장을 써넣었다. '삼 년만 울면, 우는 사람들의 눈물을 닦아줄 수 있다.'

공부의 목적이, 살아온 이유가 무색하다. 우는 사람의 눈물을 나는 닦아주지 못했다. 국회와 국민의 간극에 관한 한 여전히 정답을 모르겠다.

왜 국회의원들은 축사만 읊다가 가는 걸까

속절없이 좋아지는 것이 있다. 내겐 국회가 그랬다. 어린 마음에 대외활동 장소가 의원회관으로 찍혀 있을 때는 거짓을 조금 보태 날아갈 뻔했다. 세미나실 앞에는 그날 열리는 행사에 대한 팸플릿이 놓여 있었다. "가져가도 될까요?" 하고 떨리는 목소리로 물어보던 나. 어린 나는 회관 세미나실을 돌며 자료 수집하기에 바빴다.

마침내 행사 시간 이십 분 전. 앞자리에 앉아 팸플릿을 읽으며 누가 오는지를 살폈다. 어디 축사 한번 읽어볼까. 내가 참석한 토론회는 남북관계에 대한 행사였다. 그런데 이상하다. 왜 평화에 대한 원론적인 이야기만 축사에 담은 거지?

내가 모르는 이유가 있을 것이라 추측해본다. 시작을 얼마 안 남겨두고 속속 도착하는 국회의원들. 그런데 흥분도 잠시뿐이었다. 웬걸. 지루한 축사를 차례로 읊더니 갑자기 식순에도 없던 단체 사진을 먼저 촬영하는 것이다. 그러고는 줄줄이 밖으로 나가버렸다. 심지어는 토론회를 '주최 혹은 주관'한다던 의원들도 같은 행태를 보였다. 한두 번이 아니었다. 그랬다. 돔 아래에선 '행사 직전 참석하기, 축사 읊기, 사진 찍기, 나가기'가 당연한 수순이었다.

한때 통일 관련 시민단체의 일원이었던 적이 있었다. 당초 유력 정치인 두 명이 참석하기로 했다. 함께 연대해준다니, 참 감동이었고 많은 힘이 됐다. 그런데 당일 갑자기 불참 통보를 해왔다. 황당했다. 행사에 참석해 시민과 단체의 의견을 듣는 게 정치인의 도리 아닌가.

도대체 왜 정치인들은 축사만 읊다가 가는 걸까?

① 애초에 그 일정에 관심이 없는 경우

주최 측의 전화를 받고 특별한 일정이 없는 한 참석하는 경우가 이에 해당한다. 친한 보좌진들이 각자 모시는 의원의 이름을 서로서로 주최에다 올려주기도 하고, 친한 의원의 세미나가 열리면 도의적으로 서면 및 영상 축사를 보내거나 축사를 해주러 직접 가기도 한다. 일정에 대해 소상히 알고 있는 경우는 드물다. 행사 시작 십 분 전에야 개요와 인사말을 확인하는 의원도 부지기수다. 애초에 모든 발제 자료와 토론 자료를 읽어보고 오기 힘들다. 처음부터 전제가 잘못되었다. 의원이 행사 참석을 통해 어떤 걸 공부하겠다거나 어떤 의견을 개진하거나 듣겠다거나 하는 마음으로 '자발적'으로 오는 경우가 드물었다.

② 급하게 다음 일정이 있는 경우

때때로 하나하나의 일정에 큰 애정을 가지고 있는 의원도 많았다. 그런 경우 축사를 모두 읽고 나서도 시간을 꽉 채워 자리를 지키려고 한다. 의원들의 일정표는 대부분 빡빡하다. 그렇기에 다음 일정이 연달아 잡혀 있는 경우 십 분 정도 자리만 채우고 갈 수밖에 없는 것이다. 십여 분의 시간은 대체로 축사하고 사진 촬영까지 하기에도 벅차다.

③ 얼굴 비추려고 오는 경우

행사는 다 거기서 거기다. 지역 행사는 더욱 그렇다. 체육 행사와 각종 지역에 기반을 둔 단체를 다니다 보면 의원이 별달리 할 이야기도 없을 뿐만 아니라 할 일도 없어 축사 이후 멀뚱히 앉아 있을 때도 있다. 그저 지역 주민들에게 얼굴 한번 비추고, 악수 한번 하러 가는 것이다. 나는 지역 행사에 한해서는 이러한 참여가 나쁘지 않다고 본다. 실제로 생생한 지역의 이야기를 주민들로부터 직접 들을 수 있고 배울 수 있기에 가능하면 자주 가는 게 옳다고 생각한다.

영화 시사회나 음악회 등 무언가를 보는 행사면 좀 더 자리를 지키고 있는 경우가 늘어나는 것 같다. 이런 행사에까지 와서 얼굴도장만 찍고 가기 머쓱할뿐더러 축사 이후에 따로 말하지 않아도 되기 때문이다.

• • •

하루에도 십 수 번 열리는 세미나, 회의, 간담회가 모두 이런 형식이다. 축사에 꼭 들어가는 말이 있다. "여러분의 의견을 듣고, 정책으로 입안하겠다" 같은 멘트다. 솔직한 업계 비밀로, 그 멘트 한 줄은 큰 힘이 없다. 안타깝게도 그렇다고 생각한다.

국회에서의 세미나는 그저 '자료 아카이빙(archiving)'의 의미가 있다고 여기기로 했다. 미래의 A 자료가 궁금한 사람이 인터넷을 서핑하다가 A 자료를 발견하고 이를 정책화할 때에야 의미가 있다고. 그러나 암울하지만은 않다. 실제로 펜을 꺼내 공부하는 의원님도 있었다. 의원 공부 모임의 경우에는 진짜 공부를 목적으로 모이기도 한다. 자기가 생각하는 세미나의 중요성에 따라 다를 뿐이다. 내빈으로 초청받지 않았지만 관심 있는 세미나였는지 어느샌가 조용히 자리에 앉아 있던 의원님도 있었다.

우리 사회가 너무 다각화된 탓이겠지. 정책과 제도가 필요한 곳이 도처에 널려 있다는 뜻이겠지. 그래서 그 의원님들이 제대로 소화하지 못할 만큼 행사가 많은 거겠지. 그렇게 생각하기로 했다.

정치인들이 죽어도 사과 안 하는 이유

어려서부터 나는 세 가지를 잘했다. 인사, 감사, 사과. 아이 때부터 "고맙습니다, 해야지"라는 말이 잘 학습된 바람직한 예라고 할 수 있겠다. 바른 삶을 가르쳐준 부모님 덕이다. 그래서 인사와 감사, 사과에 얽힌 에피소드가 제법 많다.

복도에서 모르는 선생님을 만나도 "안녕하세요" 꾸벅 인사하는 버릇에, "넌 잘되겠다"고 친구가 말해준 기억도 있고, "뭐가 그렇게 계속 감사해?" 궁금증에서 비롯된 질문도 받았다. "자꾸 감사하다고 안 해도 돼"라는 동료의 말에 "진짜 감사한 걸 어떡해요!" 하며 억울해한 적도 있다. "네가 왜 사과해?"라는 말을 들을 정도로 주저 없이 사과하던 순간들도 많았다. 모든 게 내 삶의 중요한 태도였다.

나는 변명이 싫다. 정확히 말하면 '내가' 변명하는 모습을 싫어한다. 누군가 지적하면 군말 없이 "알겠습니다. 죄송합니다" 하는 편이다. 구구절절 내가 왜 그랬냐면요, 늘어놓는 일은 쿨하지 않다. 심지어 남이 한 일에 대해 누군가 내가 한 일로 오인하고 꾸중하거나 지적해도 말을 아끼는 편이다.

언젠가 한번은 한 의원님에게 실수한 적이 있었다. 위원장실에서는 상임위 회의 전 항상 의원님들의 사전회의가 이뤄졌다. 여느 때와 같았다. 회의 후, 동료들과 자리를 정리하는데 마스크가 놓여 있었다. 고민도 잠시, 일회용이라는 생각에 휴지통에 버렸다. 그날 오후에 한 의원님이 위원장실을 찾았다. 위원장실로 들어가려다 말고 "혹시 제 마스크 치웠어요?" 하고 묻는 것이다.

아무도 누가 치웠는지 모르는 상황이었다. 모두를 대상으로 던진 의원님의 물음에 자동반사적으로 "제가 했습니다, 죄송합니다" 하고 고백했다. 조금 떨렸다. 의원님은 "그거 매일 쓰는 건데!"라고 책망했고, 나는 재차 "죄송합니다"라고 말하고 빨리 새로운 마스크를 주는 것으로 일단락했다. 그렇게 새하얗게 질린 채 사건을 마무리했다. 의원님이 돌아가자 상사는 도리어 온화한 표정을 지으며 말했다.

"거짓말하거나 변명 안 해서 놀랐어. 솔직하게 말해서 괜찮아. 얘기 잘했어."

도리어 칭찬해주었다. 단순히 발뺌하지 않고 거짓말하지 않은 것만으로 칭찬을 받다니 얼떨떨했다. 칭찬은 대체로 기본값

보다 '잘했을 때' 주어지는 보상이다. 이건 당연한 건데. 실제로 내 마음이 그랬으니까, 감사하고 미안했으니까 표현할 뿐이었다. 그게 난 더 좋은 것 같았다.

하지만 나이가 들수록, 사회생활을 할수록 사과하고 감사하는 삶이 그리 쿨하기만 한 게 아니라는 걸 깨닫게 되었다. 실제로 미안하다, 고맙다고 말하는 이가 드물다는 걸 알고 난 뒤였다.

내가 정말이지 싫어하는 상황이 있다면, 그건 바로 남의 잘못을 덤터기 쓰는 때다. 그런 일은 대체로 '내가 사과를 잘하는 타입인데, 같이 일하는 상대방은 안 하는 타입일 때' 일어난다. 이런 두 성향이 만나면 사과를 잘하는 사람은 남의 잘못을 뒤집어쓰고 무능한 사람이 된다. 타인의 실수도 곧 내 실력이 되고 한 번 실수한 게 마치 다섯 번째처럼 보이게 되니까. 나중에 상황을 설명하면 뭐 하나? 이미 난 완전히 바보가 됐는데. 그럴 때가 종종 있었다. 그때마다 조용히 분을 삭이기만 했다.

• • •

왜 정치인들은 죽어도 사과를 안 할까?

한 의원이 두 셀럽과 함께 찍은 사진을 마치 친분이 있는 사이처럼, 그리고 그들이 본인을 지지하는 것처럼 올려서 문제가 된 적이 있었다. 순차적으로 여러 의문이 들었다.

보좌진이 썼을까, 의원이 직접 썼을까? 왜 인터뷰에서도 친분이 있는 것처럼 이야기했을까? 의원은 셀럽들이 아니라는 입장 발표를 했을 때 무슨 생각을 했을까? 왜 구차한 변명이 담긴 재입장을 내놓았을까? 그러면서도 왜 상대 후보를 엮어 비판했을까?

나름대로 내린 의문의 답은 이랬다.

"대체 그간 얼마나 많은 거짓말을 했기에, 그게 안 들킬 줄 알았을까."

거짓말을 하는 게 문제라고 생각한다. '나쁜' 거짓말은 대체로 본인의 행동을 숨기고 싶을 때 나온다. 거짓말을 하는 것은, 피해자가 반박하지만 않는다면 꽤 큰 효과를 볼 수 있다. 이는 따옴표 저널리즘과 만나 더 큰 화학반응을 일으킨다. 효과가 좋다.

사회를 경험하며 느꼈다. 내가 사과를 잘하더라도 반대편에 있는 사람이 사과하지 않는다면 다 내 탓이 되는구나. 내 사과가 나를 죄인처럼 보이게 만들겠구나. 내 잘못이 아닌데도 말이다. 여러 상황이 얽혀 있을 때 섣부른 사과가 큰 족쇄가 될 수 있다는 것도 알았다. 자꾸 사과하는 걸 꺼리게 된다. 그러다 보면 자신도 '내 잘못이 아니다, 이게 진실이다'라고 믿게 되는 때가 온다. 그때부터는 정말 돌이킬 수 없다. 큰일이다. 그리고 그런 사람이 정치인이라면 더 큰일이다.

이제는 안다, 사과에도 기술이 있음을. 너무 자주 하면 안 된다는 사실을. 하지만 그건 나에게 솔직한 방법이 아니라 사회가 만든 방법이다. 그따위 계산적인 사과와 계산적인 진실을 용납하다가는 우린 계속 거짓말하는 정치인들만 보게 될 것이다.

사과를 많이 한 대통령은 죄인이 되었고, 사과를 하지 않고 얼렁뚱땅 넘겨버린 대통령은 떳떳하게 다닌다. 그게 현실이다. 대중들이 사과를 대하는 인식이, 사과에 씌워진 프레임이 그렇게 만들었다. 사과에도 진정성의 경중이 있다. 이를 가려내는 것도 우리의 몫이다. 진실이 정말 피해자를 향하고 있는 것인지, 일시적인 면피는 아닌지 가려내야 한다. 세상 앞에 떳떳한 자가 누가 있을까? 다만 거짓을 말하지 않았으면, 자신에게 솔직했으면, 사과에 능했으면 하고 바랄 뿐이다.

대한민국에도 로비스트가 있다

"내 임무는 이기는 거고, 난 어떤 수단이든 사용할 책임이 있어. 그걸 이용하지 않는다면 직무유기야."

재밌게 본 영화 〈미스 슬로운〉의 대사다. 〈미스 슬로운〉은 미국 워싱턴 DC에서의 총기 규제를 둘러싼 로비스트와 정치인들의 이야기를 다룬 영화다. 로비스트라니. 일전에 그들이 무너뜨린 질서에 대한 이야기를 나누며 우리나라에는 있어선 안 되겠다고 걱정했던 때가 있었다.

그런데 대한민국에도 로비스트가 있었다. 진짜 이름은 '협력관'이다. 정부와 산하기관, 기업 등에서 파견되어 특정 집단을 대변하는 이들이다. 뭍 위에서 각종 로비 활동을 벌인다. 부정적 어감 탓에 잠시 짚어보자면, 국어사전에는 '권력자들에게 이해 문제를 진정하거나 탄원하는 일'이라고 규정하고 있다. 대한민국은 딱 그 정도의 로비가 이뤄지고 있다. 특히, 새로운 종류의 로비가 정가에 왕성하다. 금전보다는 친분에 바탕을 둔 로비다.

협력관은 크게 두 부류로 나뉜다. 공공과 민간 협력관. 두 협력관은 비슷한 듯 아예 다르다. 전자는 대부분 부처와 국회의 가교 역할을 하고 민간은 기업의 이익을 위한 활동을 한다.

• • •

정부 기관의 경우 사무관이 주로 실무자로 활동하면서 의원실과 상임위원장실, 국회 전문위원실을 종횡무진한다. 정책과 제도, 법안과 예산 등에서 자신이 대변하는 집단의 이익과 맞으면 통과시키고 그렇지 않으면 우려의 입장을 전달하는 역할을 한다.

국정감사 시즌이 되면 한층 바빠진다. 의원실에서는 질의를 위해 하루가 멀다 하고 부처에 자료를 요청하고, 부처는 자료를 만드느라 정신이 없다.

"왜 자료 안 주세요?"

"제가 내일까지는 꼭 드리라고 부서에 말해놓겠습니다."

의원실의 윽박, 연신 표하는 사과. 해당 부서에 "A 의원실이 찾는 B 자료, 내일까지는 꼭 부탁드립니다" 하고 양해를 구하는 일이 이들의 업무이다.

나는 항상 부처 협력관과의 관계가 어려웠다. 이들은 늘 통화 중이었고, 통화가 끝나는 빈틈을 파고들어 "협력관님, 자료 오늘까지 주시기로 했잖아요"라고 말해야 한다. 어제, 오늘, 내일, 내일모레 줄곧 해야 한다. 그런 나의 처지도 슬프고, "죄송해요. 부서에서 조금만 더 시간을 달라고 하네요. 제가 금방 만들어서 비서관님부터 가져다드리라고 하겠습니다"와 같은 입장만 말할 수밖에 없는 그들의 삶이 고달프다는 것도 너무 잘 안다.

공공기관의 협력관은 기피 자리인 만큼 끝나고 나면 꽤 좋은 자리로 발령이 난다. 부처의 위상에 따라 좋은 선택일 수도, 나쁜 선택일 수도 있다. 대부분의 협력관에게는 업무 과중을 참아내는 저마다의 이유가 있다.

• • •

"보좌관까지 달면, 그다음엔 보통 뭘 해요?"

보좌진의 수명이 짧다는 것을 안 후 천진한 질문을 던진 적이 있다. 십중팔구 대답은 '민간 협력관'이었다. 이들은 대부분 선임비서관 혹은 보좌관 출신이다. 보좌진의 인맥 풀(pool)을 적극적으로 이용하겠다는 것이다. 기업을 감시해야 하는 주체가, 나중에는 기업의 이익을 위해 움직이는 사람이 되어야 한다니. 그 사실 자체도 기묘한데, 그게 국회 내에서 '일 더하기 일은 이'만큼이나 당연하다는 것이 더 기괴했다.

민간 협력관은 법적 테두리 안에서, 혹은 비밀리에 테두리 밖에서 로비를 불사한다. 친분을 사용해 법안의 개정을 요청하거나, 반대로 법안을 막거나, 아니면 청문회장에 대표가 오지 못하도록 하는 일을 수행한다. 이를 위해서는 평소 친분을 두텁고 넓게 쌓아두는 것이 최우선 업무이다. 의원실에 자주 눈도장을 찍거나, 눈도장만 찍기 뭐하니 기업의 마크가 찍힌 선물을 가져온다거나, 법에 저촉되지 않는 선에서 선물이나 밥을 사주며 다양한 방법을 활용한다.

어떤 기업에서는 무슨 선물을 가져왔네, 어떤 기업은 센스 있는 선물을 했네, 하며 공공연히 이야기하는 보좌진도 봤다. 모든 협력관이 비슷하면서도 다른 방식으로 협력을 펼치다 보니 그 안에서도 누가 잘하는지 못하는지, 자연스레 평하게 된다고 한다.

한번은 한 협력관의 월급을 듣고 기함한 적이 있었다. 억대 연봉을 번다고 들었다. 그게 통상적이라고 했다. 기업에서는 법인카드를 많이 쓰길 권장한다고 했다. 사람을 많이 만나 술을 마셔야 하고 골프를 배워야 하는 점이 고충 중 하나라고 했다. 지면에 공개할 수 있는 말은 이 정도다. 술술 나오는 말 중에 충격적이지 않은 말이 하나도 없었다. 힘든 업무 강도에도 다들 속으로 '그래, 선임까지만 달자'라고 생각한다는데, 그제야 이유를 알았다. 그 누구도 협력관을 꿈꾸며 이곳에 발을 들이지 않음에도 불구하고, 말로가 협력관인 데는 그러한 현실 논리가 작용하기 때문이라고 생각한다. 항간에는 골프장 로비가 이뤄진다는 말까지 돌았다. 당에 따라 젠틀함의 정도가 다르다는 내밀한 말까지도. 내가 모르는 관급의 세계가 따로 있었다.

어제의 동료는 오늘의 협력관이 된다. 평소와 다름없이 함께 시시콜콜한 얘기를 하고 밥을 먹지만, 기업 얘기가 추가됐다는 게 달라진 점이다. 나와 동료였던 사람이다. 변모했다고 거리를 두는 게 오히려 더 부자연스럽다. 공적인 삶이 있으면 사적인 삶이 있는 거니까. 평소와 다름없는 관계를 유지한다.

그러나 그런 관계는 결정적인 순간에 빛을 발한다. 그렇게 맺은 인맥은 그들이 대변하는 기업을 위한 법이 통과될 때, 기업을 통제하는 법을 저지할 때, 기업의 수장이 국감장에 모습을 드러내는 것을 막을 때 사용된다. 의도하지 않더라도 말이다.

하나둘 존경하는 이들이 협력관이 된다. 그것도 꼭 능력 있는 사람들만 된다. 나조차도 친구가 사소한 걸 부탁해도 꼭 해주고 싶은 마음이 들지 않던가. 친하면 친할수록 더 그렇다. 생태가 그렇다. 협력관과 보좌진으로서의 관계 설정이 내게 항상 어려운 이유다.

직급이 낮아서 누군가의 편의를 봐줄 수 없다는 것이 내겐 우스꽝스러운 행운이었달까.

왜 맨날 법은 느지막이 통과될까

의원님께 알려드립니다

오늘 본회의에서 국무총리 임명동의안을 처리할 예정이오니, 의원님께서는 오후 일정을 모두 비워두고 대기해주시기 바랍니다.

— A당 원내대표 올림

알림 — 비상상황 국회 경내 대기

오늘 16시 국회의장과 양당 원내대표 회동이 예정되어 있습니다. 회동 이후, A당이 국무총리 임명동의안 단독 개의를 강행할 것으로 예상되오니, 의원님들께서는 국회 경내에서 비상대기해주시기 바랍니다.

또한 회동 직후, 비상의원총회를 개최할 예정이오며, 의총 소집 시간은 추후 문자를 통해 통지해드리겠습니다. 감사합니다.

— 당대표 권한대행 B당 원내대표 올림

긴급 공지

의원님께 알립니다.

조금 전 법사위 법안1소위에서 검찰의 수사권과 기소권 분리를 위한 검찰청법, 형사소송법이 가결되었습니다.

오늘 법사위 전체회의에서 이 법안들이 처리될 예정입니다.

이에, 의원님께서는 내일부터 열릴 본회의에 대비하여 비상대기해주시기 바랍니다.

— A당 원내대표 올림

알림 — 국회 비상대기 협조

A당에서 '검수완박' 강행처리를 위해 법사위 전체회의 및 본회의를 금주 중 개최할 가능성이 있습니다.

의원님들께서는 긴급 의원총회 등 비상상황에 대비하여

4월 21일(목)~22일(금) 양일간은 바쁘신 지역구 일정에도 불구하고, 국회 경내에서 비상대기해주시기를 부탁드리겠습니다.

— B당 원내대표 드림

어쩌면 국회 직원들이 가장 싫어할 문자. 바로 양당 원내대표들이 발송하는 비상상황 경내 대기 문자다. 첨예한 법안을 놓고 양당이 다툴 때면 언제고 본회의가 개의할 수 있으니, 일단 대기하라는 문자가 오곤 했다. 이 문자를 받는 순간, 이른 퇴근은 공쳤다고 보면 된다. 이 문자가, 왜 맨날 법이 늦게 통과되는지에 대한 단적인 모습을 보여주고 있다고 생각한다. 왜 그런지 살펴보자.

• • •

대개 사회가 발전하는 속도를 의식과 제도가 따라가지 못한다. 우리나라만의 문제는 아니다. 입법이 미래를 향한 것이라면 좋으련만, 언제나 과거를 치유하는 데만도 벅찼다. 현상에 대한 땜질식 제도 처방이 대부분이다. 실제로 그랬다.

왜 맨날 법안은 늦게 통과될까? 대체로 하나로 귀결된다. '국회가 일을 안 하는 게 틀림없다.' 적어도 그렇게 생각했다. 마치 고르디우스의 매듭처럼 풀리지 않는 문제들에 대해 세상이 변하지 않는 것 같아 분통이 터질 때가 많았다.

그런데 이제는 안다. '국회가 일하는 만큼 안 알려져서 그렇구나'라는 것을. 매일매일 꼬박 자정을 넘기는 회의, 너무 늦은 시간에 너무 많은 이들 속에 덩그러니 놓이다 보면, 날 선 시각이 무뎌진다. 실은 법안 통과가 늦어지는 이유가 있다. 세 가지 정도로 압축할 수 있겠다.

① 꼼꼼한 법안 처리

특별히 기억에 남는 것이 있다. 법의 통과를 주재하는 위원장실에서 입안부터 상정, 심사까지의 지난한 과정에 함께 참여하다 보니 깨닫게 되었다. '심사가 이렇게 오래 걸린다고?' 심사할 때마다 다섯 시간 넘게 앉아 있어야 했던 것은 물론이고, 자정을 넘기는 건 너무나도 당연해 체념하고 있었는데 그 시간을 넘겨서도 심사가 끝나지 않아 다시, 또다시, 또 또다시 회의를 열기도 했다.

세상에 없던 새로운 것을 내어놓을 때 드는 노력이 있다. 세상에 없던 것이 많은 이들에게 영향을 미친다면 더욱 신중해야 한다. 제정안의 경우, 한 줄 한 줄을 모두 꼼꼼하게 검토한다. 의원뿐 아니라 부처 관계자, 입법조사관이 함께 배석하여 법리와 함께 현실을 따진다. 한 줄 검토하고, 이상이 없으면 넘어가고, 한 줄 검토하고 이상이 있으면 주저앉아 토론하고.

중대재해처벌법은 다섯 가지 제정법의 병합심사였다. 용어의 정의는 무엇으로 할지, '해야 한다'로 할지 '해야만 한다'로 할지, 형량은 대체 몇 년까지로 해야 하는지 등등 단 하나의 단어도 허투루 넘기는 법이 없었다. 고작 한 문장, 한 문항을 두고 몇 시간 회의를 하고도 채 결론을 못 낼 때가 부지기수였다.

인상 깊은 고민의 지점이 있다. 법이 불완전하지만 제정 먼저 할 것이냐, 아니면 법이 불완전하므로 완벽히 보완해서 낼 것이냐. 한참 의원들 사이에 설왕설래가 이어졌다.

여러 개의 법안에서 좋은 부분을 따서 만든 법안이었다. 아무리 검토하고 또 검토해도 현실적으로 문제가 생기는 건 정말 어쩔 수 없는데도 불구하고 한 치의 양보가 없다. "법이 본래의 취지를 잃었다. 이러면 없느니만 못하다!"라고 주장하는 걸 볼 때면 덩달아 힘이 빠졌다. 모든 의원이 마치 암흑의 기업으로부터 로비를 받은 것처럼 매도하는 주장들이다.

언론은 법안의 한 조항 한 조항을 뜯어보는 '소위원회' 회의에는 들어올 수 없다. 회의 후 의원들의 백브리핑(줄여서 '백블'이라고 부른다)을 통해 관련 내용을 전해 듣는다. 정확하고 완벽한 정보 대신 '구전'과 의원 각자의 시각에 의한 '각색'을 바탕으로 기사 작성에 돌입한다. 실제와의 간극이 벌어지고 마는 것이다.

"위원장님이 너무 젠틀하셔. 얘기 다 들어주고. 이거 법안 언제 다 봐?"

원래 법사위는 회의가 그리 길지 않았다. 2소위나 전체회의에 계류시키거나, 법안을 제쳐두고 회의를 마무리해버려서 일찍 끝나곤 했다. 그러나 의원님이 위원장이 되고 나서는, 일하는 국회를 위해 장시간 논의하는 한이 있더라도 꼭 처리를 해버렸다. 원성이 자자했다. 그래도 꿋꿋했다. 핀잔을 들을지언정 일하는 국회가 만들어졌으니까.

여러 차례에 걸친 회의에도 불구하고 타 정당의 몽니로 통과되지 못했던 법안을, 참다못한 위원장님이 통과시켰다. 그러자 언론은 날치기라고 비난하고 몇몇 의원들은 국민의 눈을 가리는 데 혈안이 되었다. 진실의 빛은 억지의 벽을 만나 긴 그림자를 드리운다. 그 그림자가 푸른 돔의 이미지를 만들었다.

② 한 치의 양보도 없는 여야 합의

네 시, 다섯 시 반, 일곱 시 반, 아홉 시…. 한두 시간마다 희비가 엇갈렸다. 이 시간이 뭐냐고? 바로 여야 원내대표가 만난 시간이다. 언론중재법을 가지고 마라톤 협상을 하는 중이었다. 여름까지 언론중재법을 끝낸다는 목표로 당일 본회의 상정을 위해 여야의 원내대표가 협상에 협상을 거듭한 것이었다.

그렇게 협상을 하고도, 결국 합의에 이르지 못해 다음 날 이른 시간 다시 협상하기로 일단락되었지만 말이다. 시간의 곳 사이에는 시간의 만이 있다. 중간중간 논의를 위해 부대표단은 계속 문지방을 넘나들어야 했다.

한 정당은 실제 손해보다 다액의 배상을 하도록 하는 '징벌적 손해배상'에서 언론 보도의 고의, 중과실을 추정하는 조항을 삭제한다는 수정안을 냈고, 다른 정당이 이를 거부했다. '합의', 서로가 생각하는 지점이 다르기에 이르기 어려운 그것. 양립할 수 없는 입장 차가 존재할 때는 더더욱 그러하다.

게다가 점차 당내에서도 '법안 처리 신중론'의 입장이 확산되기 시작했다. 나중에 밝혀졌지만, 청와대 정무수석도 지도부에게 대통령의 반대 의사를 전해오기도 했다. 다음 날 이른 시간이 되어서도 합의에 이르지 못했고, 결국 협상은 무산되고야 말았다. 언론개혁안 '여야협의체'를 구성하는 것으로 일단락되었고, 이후 여야협의체는 그 어떤 역할도 하지 못한 채 사라졌다.

하나가 주장을 꺾지 않는 이상, 끝나지 않는 것. 서로 하나를 주고, 하나를 잃는 것. 그게 바로 여야 합의다.

③ 일부러 법안 심사를 막는 경우

국민이 생각하는 가장 큰 이유가 아닐까 싶다. 여러 이유가 있다. 소속 정당의 입장과 맞지 않거나, 상황이 여의치 않거나, 다른 법안의 인질로 잡기 위해서, 혹은 표 계산 때문이다.

정치란 생물이다. 막으려는 자와 통과시키려는 자의 지독한 수 싸움이 펼쳐진다! 그런데 거기에 국회법을 곁들이면…!

정당이 법안을 막을 땐 통상 다음과 같은 과정으로 이뤄진다.

협의를 죽어도 안 해준다. → 상대 입장은 들을 생각도 없이 반대 논리만 계속 주장한다. → 입장 차를 좁히지 못한다. → 회의 자체를 안 들어온다(이에 여당은 회의를 열고 산회한다). → 이번엔 야당이 장외투쟁을 한다. → 의원총회도 열어본다. → 합의가 되지 않으면 의원들에게 문자를 보낸다. "7시에 의총 다시 합니다." → 의원총회를 다시 연다. → 어찌어찌 다수당이 통과시킨다. → 본회의에 상정된다. → 회기 끝날 때까지 필리버스터를 진행한다. → 회기가 끝난다. → 다수당은 바로 다음 회기를 소집하여 본회의에 상정시켜 통과시킨다.

흥미롭다. 국회법은 때론 통과의 논리가, 때론 방어의 논리가 되어준다.

④ 영글지 않은 여론

실은 국민이 떠올리는 법안 대다수는 이미 세상의 빛을 봤다. 이번 국회가 허리께에 온 시점 기준으로 무려 2만 건의 법안이 발의되었다. 본회의를 한 번 할 때마다 통과되는 법안의 개수는 오십에서 백 개가량. 더딜 수밖에 없는 이유다. 법안을 통과시키기 위해서는 어느 정도 '여론'이 필요하다. 중요도에 따라 자꾸만 밀려나는 법안들이 많다. 단순히 한 회차에만 밀려나는 것이 아니라, 여러 대를 아무리 거듭하더라도 논의 테이블에 계속 오르지 못하고 밀려나는 경우가 많다.

대체 어떤 이가 흐름을 주도적으로 만드는 건지 모르겠다. 당? 당직자? 보좌진? 의원? 기자? 대체 여론은 어디서부터 시작되는 걸까. 어쨌거나 여론이 영글어 터지고 나면, 비로소 입법적 조치가 행해진다.

• • •

그렇다. 국회는 일을 안 하는 것이 아니다. 생각보다 많이 한다. 꽤 충실하다는 생각을 한다. 그러나 언제나 제대로가 중요하다. 일을 제대로 하고 있는지에 포인트를 두고 살펴본다면, 새롭게 보이는 것들이 있을 것이다.

국회를 둘러싼 풍문으로 들었소!

(주의! 이 글은 직접 보고 들은 이야기에 기초하였으나, 약간의 거짓이 있을 수도 있고 없을 수도 있음을 미리 알린다.)

천태만상 국회 세상, 사는 법도 가지가지. 긍정적인 경우에도, 부정적인 경우에도 그렇다.

① 국회의원들은 제멋대로라면서?

글쎄. 각종 드라마나 영화에서 정치인은 악마화되는 경향이 있다. 악랄한 정치인으로 나오거나, 부패한 정치인으로 나오거나, 무능한 정치인으로 나오거나. 대개 셋 중 하나다. 드라마에서 묘사하는 의원이 진짜 의원들의 모습과 같냐는 질문을 곧잘 받는다.

이 질문에 대한 나의 답은 이렇다. '아닌 경우가 많다.' 국회의원이라 더 부정적으로 여겨지는 것이 아닐까, 나는 생각한다. 중소기업 삼백 개가 모여 있는 게 국회 회관이라 하지 않던가? 따라서 중소기업 회장들과 직속 부하 아홉 명 간에 발생할 수 있는 갈등 정도는 있다. 사람 사는 게 다 그렇지 않은가.

인격적으로 보좌진을 존중하는 의원님을 많이 봐왔다. 내가 모셨던 의원님이 그랬다. 보좌진 앞이라 말을 편하게 할 법도 한데 항상 말을 삼갔다. 화를 내는 법이 없었다. 함께하는 단톡방이나 소통 창구가 없었던 것은 아쉽다기보단 다행스러웠다. 밤이고 새벽이고 주말이고 휴가고 간에 시도 때도 없이 보좌진들의 핸드폰이 울린다는 이야기를 많이 들었기 때문이다.

인격적인 의원님들이 더 많아지기를 바라며, '아닌 경우도 많다'는 대답으로 갈음하겠다.

② 여야 의원들, 카메라 꺼지면 야야 한다며?

맞다. 실제로 보았다. 회의에 들어설 때 비장한 눈으로 입장한 두 의원. 카메라가 켜지자 으르렁대며 싸우기 바빴다. 카메라가 꺼지고 격해진 감정을 가다듬기 위해 한 의원이 상대방에게 던지는 말. "선배! 제 말, 그런 의도 아닌 거 아시죠?" 하며 분위기를 풀려고 애썼다. 분위기가 바로 화기애애해졌다. 나도 말로만 들었지, 카메라 안 돈다고 곧바로 돌변할 줄이야.

다만, 그렇다고 해서 모두가 친한 것은 아니다. 격했던 감정이 계속 지속되어 말리는 의원들의 팔을 뿌리치거나 고성을 이어가는 경우도 많았다. 아니, 오히려 그 경우가 더 많다고 해야 할까. 내 말은 같은 당 의원들끼리 좀 더 친한 것은 맞지만, 다른 당이라고 해서 계속 날만 세우는 것은 아니라는 것이다.

③ 갑질 엄청 한다며?

다들 내가 운이 좋았다고 말한다. 맞다, 나는 갑질을 당해본 적이 없다. 하지만 귀에 인이 박이게 들었다. 폭언을 일삼고 물건을 집어 던진다거나, 차에서 줄담배를 피운다거나, 잘못을 했다고 수행 보좌진을 집까지 걸어오게 시켰다거나, 반말이 기본이라거나, 젊은 여성에게 작업을 건다거나, 하루 지난 달력을 넘기지 않았다고 갖은 모욕을 줬다거나 하는 이야기…. 그것 말고도 여기에 다 풀어둘 수 없는 많은 이야기가 있다.

다채로운 종류의 갑질 사례를 듣다 보면 인류애가 바스락 부서진다. 이런 일을 당하게 된다면, 나는 버틸 수 있을까? 인간의 존엄성을 무너뜨리는 일들에 대해서 나는 초연할 수 있을까?

• • •

언젠가 오전 내내 돌아다녔던 적이 있다. 점심을 먹고 돌아오는데, 동료가 말했다. "비서관님, 윗옷 뒤에 뭐 묻은 것 같아요." 거울에 비춰보니 정말 그랬다. 그때 아차 싶었다. 지금껏 돌아다니며 만난 많은 이들, 뒤를 보여준 사람 중 그 누구도 이 사실을 알려주지 않았다. 언제 묻었을까, 뭐가 묻은 걸까.

나의 앞모습만 볼 수 있는 나. 나의 뒷모습을 보는 타인.

여전히 어린 나지만, 직급이 높아지면서 드는 생각이 있다. 내게 지적하는 사람이 줄어든다는 것. 점점 실력이 나아지고 있는 것인지는 모르겠으나, 내가 느끼기에 부족함은 여전하다. 나에게 무엇인가 알려주던 사람들은 줄어들고 좋은 말을 해주는 이들이 늘어간다. 그런 말을 들을 때면 오히려 정신이 번쩍 든다. 그렇기에 스스로 항상 삼가고 조심해야 한다. 자신은 보지 못하는 허물이 이미 정처 없이 떠돌고 있을 수 있으니.

용기 내어 이 글을 쓰게 된 데는 그런 이유가 있었다. 남의 티를 찾아내면서 내 들보는 보지 못하는 사람이 되지 말자. 계속 경계해야겠다. 무른 나의 마음을 똑바로 세우는 일이 필요하다.

내가 해도
너희보단 잘하겠다

국밥을 후루룩 마신다. 아, 살 것 같다. 1차, 2차, 3차… 음주로 달리다 보면, 해장해야 하는 때가 온다. 국밥집은 대개 스물네 시간 뉴스를 틀어두고 있다. 덜 깬 얼굴로 숙취를 해소하고 있으면 영감들의 이야기가 전파를 타고 흘러나온다. 새벽 교통편을 기다리는 동안, 대개 같은 뉴스가 세 번쯤 반복된다.

"대체 무슨 일이야. 왜 저러는 거야?"

"난들 아냐."

"내가 해도 저것보단 잘할 것 같은데."

국민감정과 괴리된 선택을 하는 모습이 나올 때마다 위의 질문을 받는다. 회사에서도 하루 종일 '봐야만 하는' 뉴스를 놀면서도 봐야 하다니. 깊이 생각하기 싫어서 대충 답하면, 나 자신도 석연치 않은 기분이 든다. 그래서 두 번째 뉴스가 끝날 때쯤엔 주섬주섬 답변을 늘어놓는다. 의원을 위한 변론을 펴는 변호사가 될 시간이다.

항변의 근거는 '표'다. 논리는 그렇다. '선거에 이겨야 힘을 가질 수 있고, 힘을 가져야 국민을 보호할 수 있다.' 그러나 목적과 수단의 우선순위가 바뀌며 자주 문제가 생긴다. 승리를 위한 논리 때문에 자꾸만 국민을 변절하는 문제가 생기는 것이다. 실은 목적이 과정의 어머니라는 사실을 잊으면 안 되는데. 변명하고 있는 모습이 궁색했다.

삶이 점점 팍팍해질 때, 이해가 되지 않을 때, 왜 저렇게 머뭇거릴까 화가 날 때, 같은 문제가 또다시 발생할 때, 이건 아닌데 싶을 때, 흔히 이렇게 말하는 이들이 있다. "내가 해도 너희보단 잘하겠다." 나는 이 말이 자꾸만 '기본으로 돌아가!'라고 호통치는 국민의 야단으로 들린다.

• • •

여덟 개 학과, 삼천 명을 이끌어야 했던 때가 있었다. 나를 고통스럽게 한 건 많았지만, 무엇보다 부담스러웠던 것은 내가 선택해야 하는 순간이 생각보다 많다는 사실이었다. 그때마다 정신을 똑바로 차리려고 노력했다. 선택의 기준은 딱 하나였다. '학생들에게 이득이 되는 일인가?'

정치인은 어찌 보면 선택하는 자들이다. 선택해야 할 순간의 연속에 처한다. 그들이 나라의 녹을 받는 이유도 '선택을 잘하라'는 뜻이 아닐까. 선택을 잘하기 위해서는 흔들리지 않는 기준이 필수적이다. 안 그러면 마치 버그에 잠식당한 컴퓨터 화면처럼 갈팡질팡하게 된다.

기준은 명확하다. 첫째, 무엇이 국민에게 가장 이득이 되는 것인가. '국민'을 생각하면 간단한 것을 자꾸만 돌아가는 경우가 많다. 다음으로 답해야 하는 질문이 있다. 둘째, 누구를 '국민'이라고 생각하는가? 국민에 대한 스스로의 기준이 필요하다. 그리고 자신이 생각하는 '국민'을 첫 번째 문장에 넣어야 한다. 누군가는 국민에 '비장애인'만 넣을 수도 있겠고, '이성애자'만 넣을 수도 있겠다. '자본가'만 넣는 사람도 있겠지.

그런데 자신이 생각하는 국민 안에서 여러 집단이 충돌할 경우가 생긴다. 예를 들면, 장애인과 시민을 국민으로 모시는 의원은, 장애인 이동권과 같은 문제가 골치 아플 수 있다. 출퇴근을 하는 시민도 신경 쓰이고, 이동권을 달라고 주장하는 장애인도 신경 쓰인다. 대체로 이럴 때, 대다수의 정치인들은 표를 따라간다. 나는 그래선 안 된다고 생각한다.

따라서 다음으로 꼭 필요한 것이, 셋째 자기만의 정의正義에 대한 정의定義다. 《정의란 무엇인가》라는 책이 오래도록 뜨거운 감자였던 이유는, 정의를 바라보는 시각이 모두가 다르고 어느 하나가 틀린 것이 아니기 때문이라고 생각한다. 최소 자기가 생각하는 정의란 무엇인지에 대한 정립이 필요하다고 본다. 내가 생각하는 정의는 '최소 수혜자의 최대 이익'이다. 그렇게 명확하게 설정할 경우, 앞의 사례가 분명해진다. 나의 경우라면 장애인을 지키는 발언을 할 것이다.

나는 이 고민이 출마 전, 못해도 선거 전, 그리고 많이 봐줘도 선거 과정 내에는 이뤄져야 한다고 본다. 대부분 공보물은 얼굴과 이름, 이력만 가려두면 누구의 것인지 전혀 분간되지 않는다. 지역 정도는 구별할 수 있을 것이다. 모두가 지역의 이익을 담아내니까. 특히, '슬로건'이 문제다. 대다수 정치인이 두 가지를 중점적으로 내세운다.

'자신의 이름을 기억시킬 만한' 혹은 '자신의 특성을 나타내는' 슬로건.

자기 이름으로 삼행시를 짓는다거나, '일 잘한다' 등의 자기를 설명하는 수식어를 갖다 붙이는 거다. 심각하다. 모든 슬로건이 자신을 향해 있다. 그런데 마이크만 쥐면 '국민'을 위해 일하겠다고 한다. 내심은 그렇지 않으면서 그런 체를 한다. 선거에 나가고 싶은 사람이라면 응당 선거에 앞서 내가 제시한 세 가지에 대한 자신의 생각을 정리해야 한다고 본다. 다른 사람을 위해 필요한 것이 아니라, 자기 스스로를 위해 필요한 것이다. '자신이 말할 수 있는 거리'를 만들어주고 '자신이 국회에 필요한 이유'가 되어줄 테니까.

나는 이제 안다. 정치가 집단의 묶음 속에서 유기적으로 일어난다는 것을. 매번 다른 주체가 의제를 만들고 다른 주체가 반대를 한다. 그렇기에 어려워 보인다. 그렇게 느낀다. 정치판이 사람을 혼란스럽게 만든다는 것을 알고 있다.

모든 의원이 자기만의 가치를 설정하고, 안테나를 바짝 세우고 가기를. 그 과정에서 욕도 듣고, 오해도 받을지라도, 딱 혀 깨물고 죽고 싶을지라도, '가치' 하나만 잃지 않으면 그간의 생활이 헛헛하지는 않을 거라고 장담할 수 있다. 가치가 살아 있는 정치는 끝내 박수를 받으니까.

나오며

우리, 각자의 자리에서 '정치'합시다

▶▶▶▶

지난겨울과 올봄은 여느 때보다 바빴다. 이른 새벽을 열고 늦은 밤을 닫기까지 오로지 두 가지만 생각했다. 글과 국회. 꿈틀대기 위해 하루하루 힘주어 살아냈다. 사랑도 우정도 오뉴월로 미뤄둔 채.

펜을 든 지 딱 오 년 만의 일이었다. 소박하게 쓴 글을 내어놓기까지 무수한 고민이 있었다. 용기란 때때로 일순 온다. 내 경우도 그러했다. 무슨 일인지, 갑작스러웠던 찰나 덕분에 홀로 재잘댄 말이 빼꼼하게 세상의 빛을 봤다. 어쩌면 언젠가는 책을 내리라 믿었는지도 모른다. 믿는 순간, 딱 그 순간부터 꿈은 내게로 오기 때문이다. 그때부터 미래를 사는 것이다.

어린 나는 정치가 좋았다. 그러면서도 아이러니하게 정치가 싫었다. 그때 직감했다. 나는, 정치를 사랑하는 법을 말하는 사람이 되겠구나. 모든 오해와 갈등은 문맥을 읽지 않으려 할 때 생기니, 이를 해소하는 사람이 되고 싶었다. 그래서 썼다. 보다 날카롭고, 보다 따뜻하게. 보다 불편하고, 보다 편하게. 어떤 이는 날카롭게, 어떤 이는 따뜻하게 읽었을 것이다. 어떤 이는 불편하게, 어떤 이는 편하게 읽었을 것이다. 그런 글을 의도했다.

• • •

개인적인 바람이 있다면, 세상의 모든 것을 사랑하고 싶다. 사랑함으로써 일으키는 혁명. 모든 것과 화합하고, 화합을 위해 불화하면서. 여기의 모든 글은 한 자 한 자가 거창한 선포다.

설익은 시선과 부족한 글이지만 그 자체로 만족한다. 더 설익고, 더 부족한 사람이 되고 싶다. 세상을 안답시고 "안 된다"거나 "어렵다"며 고개 내젓는 사람이 되고 싶진 않다. 서투른 고민을 끄덕이며 읽어준 분들과 함께 바꾸고 싶다. 마주하여 손을 건네는 심정으로 나의 글을 부쳐 보낸다.

• • •

우리는 각자의 자리에서 정치해야 한다. 내가 정의하는 '정치'란 사회를 보다 살기 좋게 만드는 것이다. '최소 수혜자의 최대 이익'을 실현하는 정치다. 우리는 언제나, 어디서든 각자의 자리에서 정치할 수 있다.

여론은 어느 한 사람이 만들어가는 게 아니다. 한 의원의 발언으로 만들어지기도, 어떤 이의 부당한 죽음으로 형성되기도, 날카로운 심층보도에 의해서 이뤄지기도 한다. 시민단체의 단식 시위를 통해 이뤄지기도 하고, 직장인의 내부 폭로로 이뤄지기도 하며, 피해자와 연대하는 이들에 의해서 이뤄지기도 한다. 국가에서 지역으로, 지역에서 국가로 옮겨붙기도 하고, 기업에서 정부로, 해외에서 국내로 옮겨붙기도 한다.

선 자리에서 정치를 한다는 말은, 사회를 보다 살기 좋게 만들자는 적극적인 행동 양식을 일컫는다. 자기가 생각하는 최선의 가치를 실현할 방법을 고민하고 행동하는 것만이 사회의 진일보를 이끌 수 있다. 멀찍이 떨어져서 정치인으로 표상되는 이들만 욕할 것이 아니라, 당장 내 삶의 방식을 다듬는 것이 출발점이 아닐까.

바른 시각으로 언론을 읽을 것. 생각을 흐리는 부유물을 침전시킬 것. 옳고 그름을 판별하는 자세를 가질 것. 세상을 냉소적으로 바라보지 말 것. 당장 내가 속한 공동체부터 살릴 것. 단정한 삶의 태도를 가질 것.

삶 속에서 바른 자세로 사는 이들이 많아질 때, 그들의 총체가 부정적인 것들을 이겨낼 때, 곧 우리나라 정치가 바로 설 수 있을 것이다. 한 사람 한 사람이 바로 서는 것은 일상 내 민주주의와 정치의 이상향에 도달하는 데 있어 필수 조건이 아닐까. 광장의 촛불을 내 마음에 가져다 붙여 타오르게 하자.

부디 바라건대, 너무 큰 회의감에 압도되지 않기를. 막중한 책임감에 죽어가지 않기를. 세상을 향한 당신의 시각이 냉소에 갇히지 말기를. 긍정성을 향해 나아가기를. 긍정성으로 향하는 길목에 부정성을 기꺼이 사용하기를. 그러면 사회는 반드시 정반합의 방향으로 '발전'한다. 나는 그렇게 믿는다.

• • •

사실 나의 국회 일기는 과거형이다. 현재 나는 원외인院外人이다. 여러 기회에도 돌아가지 않은 이유는 또렷했다. 하고 싶은 사람은 안 되는 이유가 아니라 할 이유를 찾는다. 그때의 나는 안 될 이유만 찾았기에 이만 나와야 할 때라고 생각했다. 여러 이유 중에는 이 책을 세상에 내보내기 위함도 있었다. 국회 내에서 마주할 미숙한 고민에 대한 내부자의 시선이 두려웠고, 마주할 평가는 미리 버거웠다. 그동안 나의 삶이 피동적이었음을 고백한다. 너무 많은 고민으로 주저했다.

고민은 이만하면 되었다. 그리하여 유영하듯 살고 있다. 미약

하나 꿈틀댄다. 새로이 하고 싶은 일이 생겼다. 매일매일 내가 마주하는 문제를 유연하게 풀어가고 싶다. 아마 한동안 빠져 살 것 같다. 불안하지만 꾸준하게. 그렇게 살 생각이다. 가장 나다운 방법으로 내가 생각하는 문제를 해결하는, 가장 '나'다운 민주주의자가 되겠다.

나는 나의 자리에서 계속 정치해나갈 것이다. 함께 정치해주시기를 바란다.